Laura Mancinelli

Il principe scalzo

Einaudi

Prima edizione «I coralli»

www.einaudi.it

ISBN 978-88-06-22611-4

ET Scrittori

Dello stesso autore nel catalogo Einaudi

Il messaggio razionale dell'avanguardia
I dodici abati di Challant
Il fantasma di Mozart
Il miracolo di santa Odilia
Gli occhi dell'imperatore
Raskolnikov
I tre cavalieri del Graal
Il mistero della sedia a rotelle
Killer presunto
Persecuzione infernale
Attentato alla Sindone
La lunga notte di Exilles. Una sacra rappresentazione
Andante con tenerezza
Biglietto d'amore
I fantasmi di Challant
La casa del tempo
Un misurato esercizio della cattiveria
I colori del cuore
Il «Signor Zero» e il manoscritto medievale
Il ragazzo con gli occhi neri
Il codice dell'amore
Gli occhiali di Cavour
Due storie d'amore
Un peccatore innocente
Il passato è presente

Il principe scalzo

1.

Il monaco Williram

«Veni de Libano, sponsa mea...» Gli occhi fermi al bel verso del *Cantico* di Re Salomone, la mente perduta nel sogno, Williram vedeva una terra sconosciuta e favolosa, beata nella sua eterna primavera, dove la pianta della vite maturava dolcissimi grappoli, e il sole dava profumo a spezie rare e inebrianti. Si diceva che vivessero in quel paese donne bellissime, vestite di veli colorati e trasparenti, che nella danza scoprivano grazie proibite... A questo punto il vecchio monaco distolse la mente da quelle immagini.

Nevicava in Libano? Forse sulle alte vette, da cui provenivano i legni con i quali gli antichi romani facevano gli alberi per le loro navi, fusti di conifere alte e diritte. Ma la pianura era benedetta dal sole tutto l'anno, senza geli né brine. Il vecchio monaco, sognando le dolcezze di quel clima, scese dallo sgabello su cui era seduto davanti al leggio e andò ad aprire la finestrella di legno della sua cella. Una folata di vento portò nella piccola stanza qualche fiocco di neve, e Williram si affrettò a richiudere il battente. Non c'erano vetri alle finestre delle celle, perché il convento di Ebersberg era povero, e i vetri erano un lusso. Williram, che di quel convento era abate, voleva condividere gli stenti di suoi confratelli, e rifiutava gli agi che la sua condizione gli avrebbe concesso.

Scendeva la sera e una malinconia infinita invase l'animo del vecchio monaco. Cosí era anche la sua vita, pensava, prossima a un tramonto senza luce, col solo conforto della poesia che andava traducendo, della preghiera in comune con i suoi confratelli, il canto gregoriano che riempiva la chiesetta del convento molte ore del giorno e della notte. Presto sarebbe giunta la sua ora, ed egli si preparava in malinconica pace ad accoglierla, quando Dio avesse voluto. Che altro poteva riservargli la vita?

Era vecchio e pativa il freddo. Si strinse nel suo mantello di pelliccia di pecora e tornò al leggio per continuare la traduzione del *Cantico* di Re Salomone. Ma appena si fu seduto sullo sgabello, la sua mente riprese a divagare su quella terra beata che non sapeva dove era, ma certo si affacciava su un mare caldo che tutta la riscaldava.

– Ci sono guerre in Libano? – si chiedeva a mezza voce pensando a quelle che insanguinavano il suo paese, guerre tra principi, guerre per la corona regale, per il titolo di imperatore, faide tra baroni per un pezzo di terra, per i diritti di pedaggio su un ponte, scorrerie di bande armate, cavalieri sbandati che saccheggiavano i villaggi, e talvolta li incendiavano dopo averne ucciso gli abitanti.

– Ci saranno anche là queste sventure? – si chiedeva Williram, e in cuor suo si augurava che un paese cosí bello non venisse mai turbato né da guerre né da vendette armate. – Ma è possibile che una terra abitata da uomini non conosca la guerra? Esistono genti che non combattono e uccidono altre genti? Forse lontano, molto lontano, in una natura dolce simile al paradiso terrestre... forse nel paese meraviglioso di cui parla Re Salomone.

Quietandosi con questo pensiero che era augurio e preghiera nello stesso tempo, si accingeva a riprendere il suo lavoro quando udí bussare alla porta, dolcemente. E riconobbe la mano che bussava.

– Entra, Enrico, entra pure, – e un sorriso allietò il volto scarno e rugoso del vecchio monaco.

II.

Il principe Enrico

Era ancora vestito da caccia, con la pelliccia coperta di neve e il volto arrossato dalla cavalcata. Con lui entrò nella cella una luce che fece impallidire il lumino a olio del monaco, tanto erano biondi i capelli e lucenti gli occhi del giovane. E lieto il sorriso. Teneva in mano due lepri, che porse al vecchio.

– Per voi e per i vostri confratelli, – disse. Williram le prese ringraziando e senza accorgersene sorrise anche lui. Era bello il principe vestito da cacciatore, con l'arco a tracolla e la faretra piena di frecce. Un Cupido che trafiggeva lepri, pensò involontariamente Williram. Forse aveva trafitto anche il cuore di qualche fanciulla, ma il suo era ancora indenne. Se non fosse stato cosí, il vecchio monaco lo avrebbe saputo: era il suo confidente, e il giovane principe era legato a lui da affetto filiale.

– Che cosa state scrivendo, padre? – chiese guardando il leggio mentre si toglieva la pelliccia.

– Traduco il *Cantico* di Salomone, quello che il re d'Israele compose per la sposa che veniva dal Libano.

– Dov'è il Libano? – chiese il giovane.

– Molto lontano, sulla costa d'Arabia bagnata dal Mediterraneo. Una terra felice, dove nascono palme e ulivi e viti in grande quantità, dove regna un'eterna primavera, e la neve cade solo sugli alti monti.

– Molto diversa dalla nostra, allora, – rifletté il principe. – Perché siete fermo a quel verso?

– Indugiavo a sognare le bellezze della terra che Salomone descrive e io non potrò mai vedere. Terra di un mondo diverso, felice, mai indurita dal gelo e dove gli uomini non patiscono il freddo. Ma dovrò affrettarmi a completare questa traduzione, figliuolo. Sarà il mio regalo per le tue nozze.

Il volto del giovane s'incupí:

– Perché avete toccato questo discorso, padre? Sapete quanto ho in odio il mio matrimonio. Sono troppo giovane, e non conosco neppure la sposa. Non l'ho mai vista. So solo che è piú vecchia di me.

Cosí dicendo il giovane si era seduto sul povero letto del vecchio e aveva chinato la testa rimanendo con lo sguardo fisso al suolo. Il monaco gli si sedette accanto e gli cinse le spalle col braccio.

– Lo so, Enrico, che aborrisci queste nozze, e Dio sa quanto ti do ragione. Ma tu dovrai portare in capo la corona imperiale, e ti si vuole assicurare una sposa di famiglia potente e fedele. E poi Berta ha solo vent'anni.

– Ma io non voglio sposarmi. Fosse pure bellissima, cosa di cui dubito, e ricchissima e potentissima, io non voglio sposarla. Non voglio sposare nessuno. Voi lo sapete, padre, che non ho ancora conosciuto carnalmente una donna. E questo sí, lo desidero, ma in piena libertà, magari in un fienile di ritorno da una caccia, una ragazza qualunque, amarla un'ora o un giorno o anche piú a lungo, sapendo però che posso dimenticarla e non pensarci piú. Come se fossi anch'io un ragazzo qualunque.

– Ma tu non sei un ragazzo qualunque. E poi, chi ti ha messo in testa queste fantasie? Scommetto che è stato Fidelio, il tuo scudiero. È lui, vero?

– Sí, ma che male c'è? Quando torniamo dalla caccia, lui si ferma sempre in un certo casolare. Poi mi racconta...

– Vedi? Sempre nello stesso posto. Vuol dire che a quella donna, a modo suo, è fedele. Prima o poi la sposerà.

– Veramente ci sono due sorelle, in quel casolare, e lui sta ora con l'una ora con l'altra, e qualche volta con tutte e due, – disse il principe con una punta di malizia.

– Con tutte e due? – Il povero monaco non credeva alle sue orecchie. – Tu, Enrico, stai ad ascoltare queste cose, che probabilmente quel mascalzone s'inventa?

– Non credo che se le inventi, padre, perché mi ha invitato piú di una volta a partecipare o anche solo assistere.

– E tu? Che cosa hai risposto a questi inviti? Ci sei mai andato? – Williram pronunciò le ultime parole con tono severo. Non sapeva proprio che cosa dire di fronte a questa rivelazione.

– No, – disse il principe, – ho sempre rifiutato. E non perché non desideri una ragazza anch'io. La desidero, e molto anche. Ma vorrei incontrarla in un altro modo: nel bosco forse, affaccendata a mettere insieme fascine per il fuoco, o a pascolare oche in riva a uno stagno, o mentre raccoglie frutti su un albero... Le chiederei se ha bisogno di aiuto, poi mi siederei accanto a lei... Insomma, una ragazza voglio trovarmela da me. E quelli, invece, mi pongono davanti una sposa già pronta, con il velo e il libro delle preghiere in mano.

– Tu hai ragione, Enrico, ma sei nato con una corona in testa. Devi fare quello che vogliono i tuoi tutori. Almeno fino a quando non esci dalla minore età.

– E sposare quella Berta di Savoia? Senza averla mai neppure vista?

– Questa è la realtà, – disse Williram scuotendo il capo. – E poi la sposa potrà anche piacerti. Non credo che Salomone avesse mai visto la sposa che veniva dal Libano, eppure scrive per lei il piú bel cantico d'amore che sia mai stato scritto. Per questo desidero fartene dono, quando lo avrò tradotto. Come augurio che anche a te piaccia la tua sposa e possa amarla per tutta la vita.

Il principe raccolse la sua pelliccia e, avviandosi all'uscio, commentò malinconico:

– Salomone però non aveva quindici anni –. Poi si chiuse la porta alle spalle.

III.

Le luci della notte

Il sonno tardava a venire. Williram giaceva nel suo letto e seguiva sulla bassa volta della cella una sottile striscia di luce che penetrava dal bordo della finestrella chiusa dall'anta di legno. A un tratto notò che il filo di luce era diventato piú nitido:

«Ha smesso di nevicare, – disse tra sé, – ed è apparsa la luna. Luna piena a notte fonda, già avviata all'ultimo quarto».

Williram conosceva tutte le fasi lunari e in qualsiasi momento avrebbe saputo riconoscere dal filo di luce, quando il cielo era sereno, l'ora della notte. I suoi occhi erano abituati a scorgere la debole luminosità notturna anche quando la luna non c'era, o dai tenui barlumi delle stelle, o dal minimo chiarore diffuso nella notte campestre che sempre vince il buio profondo di una cella monacale. Dall'uscio infatti non filtrava alcuna luce, perché nel corridoio su cui si aprivano, da entrambi i lati, le porte delle celle non ardeva nessun lumino.

Quando l'insonnia lo accompagnava fino alla mattina, salutava con gioia il grigiore freddo dell'alba: era l'ora di alzarsi prima che il sole violasse con la sua piena luce il buio della cella.

Quella notte, dopo la visita del principe, tristi pensieri accompagnavano le sue esplorazioni notturne del soffitto. Non riusciva a scorgere nulla di buono nel futuro del giovane re, parte per l'aggrovigliata situazione politica in cui si trovava, con tutta l'inesperienza di un fanciullo, e molto per il carattere schietto e irruento del giovane, che difficilmente sarebbe riuscito a sottomettere i suoi impulsi a sottili trame di potere.

Un problema antico, di cui certamente Enrico era già a conoscenza, ma di cui non poteva avere presagito l'importanza, era il rapporto teso con il papa, vero braccio di ferro, che il carattere impetuoso del principe, la mancanza di diplomazia che già si rivelava in lui, il rifiuto del compromesso con cui si erano mantenuti al potere i suoi predecessori, avrebbero trasformato in una rottura violenta e forse in una guerra disastrosa. L'imperatore contro il papa, apertamente, per la prima volta da quando Carlo Magno aveva fondato il Sacro Romano Impero, ancorandolo ai due poteri alleati del papa e dell'imperatore. Ma non era mai stato risolto il problema di quale dei due dovesse prevalere.

«Proprio al mio povero pupillo, – diceva tra sé Williram con gli occhi rivolti al soffitto, – proprio a quest'infelice ragazzo solo al mondo toccherà il momento piú difficile di questa storia. E vogliono farlo sposare a quindici anni per assicurargli alleati potenti, defraudandolo cosí della sua giovinezza e innocenza. E sono poi onesti i consiglieri? Quelli che ora gli impongono di sposare questa Berta di Savoia, che non ha mai conosciuta?»

A quel pensiero Williram si sovvenne della traduzione, rimasta interrotta dalla visita del principe, e decise di lavorarci intensamente nei giorni successivi, poiché il matrimonio era vicino.

– Se almeno gli potesse servire di conforto... – e cominciò a recitare nella mente i versi latini da tradurre in volgare. Fu distratto dalla nitidezza del filo di luce che proveniva dalla luna, la stessa luna che splendeva sul Libano, pensò, forse piú luminosa e grande nel cielo scuro delle terre meridionali. Scivolò nel sonno e si perse nei sogni.

Le preoccupazioni di Williram si rivelarono giuste. Il giorno delle nozze nella cattedrale gremita di signori e insegne nobiliari, illuminata da centinaia di ceri, risonante del canto gregoriano e rutilante dei mille colori dei damaschi che coprivano le pareti, i due sposi davanti all'altare non si rivolsero neppure uno sguardo. La sposa non sollevò il velo dal viso perché lo sposo non glielo chiese. Solo quando il corteo nuziale uscí all'aperto in una gelida mattina di primavera battuta da una violenta tempesta, un colpo di vento fece apparire un piccolo viso spaurito. Enrico, che in quel momento stava guardando dalla sua parte, ne provò compassione. Ma non fu che un attimo.

In testa al corteo sfarzoso di re e principi, cavalcarono verso il palazzo imperiale l'uno accanto all'altra, e non conoscevano neppure il suono delle loro voci.

IV.

Bagliori di spade

Anche in un'altra cosa Williram era stato un buon profeta: i rapporti tra papa e imperatore precipitarono rapidamente in aperto dissidio, fomentato dai falsi consiglieri del giovane Enrico, aggravato dalla sua intransigenza e dal tradimento di molti alleati. La questione della supremazia tra papa e imperatore, sepolta per secoli sotto montagne di scritti giuridici, che spesso era stata sul punto di precipitare, ma che sempre un atto di diplomazia aveva temporaneamente sanato, durante il regno di Enrico IV esplose in tutta la sua gravità. L'ideale collaborazione sotto forma di alleanza dei due poteri, che Carlo Magno aveva creduto di realizzare, e in ogni caso aveva perseguito per tutta la vita, subito dopo la sua morte apparve una grande utopia, il sogno di un uomo che aveva sperato di poter separare la spada dalla croce in un mondo in cui ogni atto, di guerra o di pace, ogni gesto politico o militare richiedeva il crisma della religione. Persino l'investitura del piú povero cavaliere assumeva un carattere sacro. La sacralità s'insinuava in ogni momento della vita, in ogni gesto pubblico o privato, soprattutto nella sfera dei potenti. E della sacralità era depositario il papa e tutta la gerarchia che da lui dipendeva.

– Enrico, devi essere piú prudente. Non spetta a te la scelta dei vescovi tedeschi. I vescovi sono ministri del papa, – diceva Williram al giovane re.

Era un giorno di primavera avanzata e i due passeggiavano nel giardino del convento, tra i meli in fiore, uno di quei giorni in cui il vecchio abate avrebbe voluto trascorrere tutto il suo tempo nell'orto invece di entrare nella fredda chiesa del convento per intonare i canti gregoriani insieme ai suoi confratelli.

– Ma, padre, i vescovi tedeschi hanno un grande potere, politico e militare. Sono principi nel pieno senso della parola. Per questo devo scegliere uomini che mi siano fedeli, e devo sceglierli io. Lasciando mano libera al papa, non potrei fidarmi di loro, soprattutto se egli mi divenisse nemico.

– Lo so, figliolo, lo so,– ammise Williram sedendosi su una panca di legno riscaldata dal sole.

– D'altra parte, – continuò Enrico, – io rispetto il cerimoniale religioso. I miei vescovi ricevono l'investitura secondo il rito stabilito dal papa stesso.

Williram ebbe un sorriso amaro:

– Sí, Enrico, tu salvi le apparenze dell'investitura, il cerimoniale. Ma i tuoi vescovi non hanno l'approvazione del pontefice. E tu lo sai. Adesso devo lasciarti, Enrico, è l'ora della preghiera in comune. Devo lasciare questo orto che mi piace tanto e questo bel sole caldo.

Cosí dicendo tese la mano al giovane, che gliela baciò stringendola tra le sue. Si avviò verso la chiesa che già risuonava del canto degli altri monaci e senza accorgersene chinò il capo, forse in atto di consueta umiltà, ma soprattutto perché era oppresso da tristi presentimenti riguardo al suo giovane amico.

Enrico, nominato re a quattro anni dopo la morte del padre, vissuto fino a dodici anni sotto la tutela e la reggenza di sua madre, Agnese di Poitiers, era stato fatto rapire dal vescovo Annone di Colonia, che temeva l'influenza della madre e soprattutto dei suoi favoriti. Forse l'educazione ricevuta alla corte vescovile di Colonia gli aveva aperto gli occhi sul mondo degli intrighi, delle lotte tra potenti. Forse lí si era indurito il carattere del giovane re, che aveva trovato l'unico affetto sincero nel vecchio abate. A quindici anni era stato dichiarato maggiorenne. A sedici gli avevano fatto sposare Berta di Savoia.

Il ragazzo, diventato il re piú potente d'Europa e designato imperatore, viveva adesso circondato da concubine che non lo amavano, aveva due figli da una moglie che lo temeva, guardava con sospetto i potenti signori, tanto piú pericolosi quanto piú vicini a lui per parentela. Il suo stesso cognato, per esempio, che viveva a corte e poteva in qualsiasi momento farlo pugnalare da un sicario o avvelenare da un cuoco prezzolato.

– Padre, – confidò un giorno al suo amico Williram, – la mia vita è un inferno. Nessuno mi ama, e io non amo nessuno.

– Questo è il male, figliuolo. Tu non ami nessuno, nemmeno tua moglie. Perché non provi ad aprirle il tuo cuore? La reciproca fiducia è la cosa piú importante in un matrimonio.

– Aprirle il mio cuore? Quando non posso fidarmi dei parenti piú prossimi? E forse proprio tra essi si celano i miei peggiori nemici? Pronti a tradirmi quando si presenti l'occasione giusta? Voi non sapete in che mondo vivo, padre mio!

– Lo so, Enrico, hanno distrutto la tua innocenza e ora sospetti di ogni persona che ti sta accanto. E hai ragione. Ti incitano a non cedere alle richieste del papa per lasciarti solo quando egli minaccerà. Io sono un povero vecchio monaco, ma in qualità di abate di questo convento sono stato talvolta alla corte di tuo padre. Ho visto come si destreggiava con i falsi amici che lo spingevano all'intransigenza, come sapeva venire a compromessi, fare concessioni, piú apparenti che reali, pur di evitare aperte rotture e guerre disastrose. Ma tu sei diverso da lui, e poi i tempi sono cambiati.

– Non ho mai conosciuto mio padre. Quando è morto avevo solo quattro anni, sono diventato re di un regno in cui persino l'ultimo scudiero era piú rispettato di me. E aveva maggior potere e autorità. Quando ho aperto gli occhi e ho cominciato a prendere in mano le redini della mia vita, ho dovuto far giostrare il mio cavallo con tutte le armi in pugno per recuperare, almeno in parte, il potere che legittimamente è mio. Voi rimproverate i miei costumi dissoluti, padre, ma non pensate che sono stato sposato contro la mia volontà, con una donna che non avevo mai visto e che non ho mai amato.

– Con la quale hai fatto due figli, però. E chi ti voleva spingere al divorzio era un cattivo consigliere, che voleva metterti contro il papa. Per fortuna papa Alessandro ha capito e Pier Damiani, da attento politico, ha intuito quali erano gli scopi segreti di chi ti voleva convincere a divorziare. Ma stai attento a Ildebrando di Soana, è l'uomo piú intransigente dell'alto clero. Auguriamoci che non cada su di lui la scelta del prossimo conclave. Sarebbe per te un avversario pericoloso e irriducibile.

– Perché, padre? Per la mia vita privata?

– La tua vita privata non lo interessa. Sono le minacce del potere politico alla supremazia spirituale della Chiesa che lo interessano. E sono molto gravi, soprattutto nelle regioni tedesche. Guarda il vescovo di Colonia: ti porta via, bambino, a tua madre per assicurarti il diritto regale. Benissimo; ma adesso che cosa pretenderà in cambio?

– Il vescovo di Colonia, come tutti gli altri vescovi elettori, è mio vassallo.

– Questo è ciò che pensi tu.

– Riceve l'investitura dal re di Germania.

– In qualità di principe elettore. Ma come vescovo, cioè principe della Chiesa, la nomina gli viene dal papa e dal papa il potere spirituale, la sacralità. E tu sai che spesso le due cose sono in conflitto tra loro. Ma basta parlare di questo, Enrico mio. Speriamo solo che lo Spirito Santo non si posi sul capo di Ildebrando di Soana. Per il bene tuo e di tanti altri. Per la pace in Germania, soprattutto.

V.

Ildebrando di Soana

Invece si posò proprio sul capo di Ildebrando di Soana. Fu il cognato Rodolfo di Svevia a portare la notizia a Enrico:

– Signore, habemus Papam.

– Che hai detto? – chiese Enrico, che era immerso nella lettura della *Expositio*, scritta per lui in lingua francone da Williram, e di cui leggeva tutte le mattine, quando non era impegnato in imprese di guerra, un piccolo brano. Per devozione verso il vecchio abate, per indugiare un poco nei ricordi di un passato recente eppure remoto, lontano perché tanti fatti erano accaduti in quei pochi anni, sette esattamente, in cui, entrato nella maggiore età, aveva preso in mano la vita pubblica del suo paese. Ed erano stati intrighi, lotte tra principi, tradimenti malcelati, tutte cose a cui l'animo di Enrico si era avvezzato, indurendosi e inaridendosi.

L'unico residuo di un'adolescenza anch'essa travagliata ma innocente erano quelle pagine, era quella lettura e il ricordo dei giorni trascorsi accanto all'amico Williram. Leggeva quelle parole scritte per lui, regalo di nozze del vecchio, per rivederne il volto sereno, risentirne l'affetto, l'unico sincero della sua adolescenza.

– Che hai detto? – chiese alzando gli occhi dallo scritto.

– Ildebrando di Soana è stato acclamato papa dal popolo di Roma, prima ancora che si aprisse il conclave. Ai cardinali non è rimasto altro che ratificare la sua elezione. Ha preso il nome di Gregorio, certo in onore di Gregorio Magno. Ora abbiamo Gregorio VII.

Enrico tacque. Conosceva bene il carattere di Ildebrando, rigoroso e deciso come può esserlo un contadino maremmano. Sapeva dei suoi intenti riformatori, ispirati dal soggiorno a Cluny, ai tempi della giovinezza, sapeva dell'intransigenza nel perseguire l'autonomia della Chiesa, che aveva vista indebolita e violata durante la sua permanenza in Germania, e della volontà di restaurarla a ogni costo. Tutto questo lo sapeva da Williram.

– D'altra parte, – continuò Rodolfo, – c'era da aspettarsela, questa elezione. Troppo grande era stata la sua influenza nella nomina dell'ultimo papa, Alessandro, quasi preparasse la strada a se stesso. Ma che un figlio di contadini ardisse mirare al soglio pontificio…

– Hai detto che è stato acclamato dal popolo romano? E i cardinali? Che hanno fatto i cardinali?

– Han dovuto fare buon viso a cattivo gioco.

Enrico finse di reimmergersi nella lettura del manoscritto. Ma non vedeva le nitide lettere tracciate dall'amico Williram, non vedeva l'esposizione del bel *Cantico* di Re Salomone, su cui tanti sogni si erano accesi e spenti; vedeva gli occhi di ghiaccio di colui che sapeva, già allora, suo avversario irriducibile. Fingeva di leggere per non guardare l'infausto messaggero che gli aveva portato la notizia dell'elezione nascondendo a stento negli occhi falsi la gioia perversa di chi sa di dare una cattiva novella.

VI.

La cascina dei gamberi

Partí a cavallo senza alcun seguito, senza avvertire nessuno. Enrico non era nuovo a queste sortite dalla corte. Partí come per andare a caccia, con la sola compagnia di Fidelio. Ma non prese i sentieri della foresta: imboccò la via di Ebersberg. Aveva bisogno di confidarsi col vecchio amico, di placare l'ira che gli bolliva in petto con le sue parole sagge e sante. Anche se sapeva che non gli potevano dare nessuna speranza.

E già l'aria fresca di settembre calmava il suo sdegno. La campagna era ancora tutta verde, mentre i ciliegi rosseggiavano sui loro fusti lisci e le betulle cominciavano a spargere le foglie dorate ai piedi dei tronchi. Alcuni contadini si affrettavano a raccogliere le ultime mele dagli alberi, prima che le brinate di autunno le facessero gelare. Una ragazza le disponeva ordinatamente in un cesto.

Enrico sentí improvvisamente voglia di mordere una di quelle mele. Scese dal cavallo e, tenendolo per le briglie, si avvicinò alla contadinella. Fidelio lo seguiva da lontano.

– Mi regalereste una mela, bella fanciulla? – chiese in tono cortese. La ragazza lo guardò stupita: era la prima volta che un cavaliere si rivolgeva a lei in modo tanto gentile. Volse gli occhi ai suoi parenti che stavano raccogliendo i frutti e, avuto da loro un cenno di assenso, alzò il cesto e lo porse al cavaliere perché scegliesse una mela.

– Sono tutte molto belle, – disse Enrico sorridendo. – Quale mi consigliate?

La fanciulla gli offrí la piú grossa, che stava proprio in mezzo al cesto. – Grazie, – disse Enrico inchinandosi, e stava per allontanarsi quando si accorse che era quasi ora di pranzo e aveva fame. Tornò sui suoi passi e chiese ai contadini se c'era una taverna da quelle parti. Colui che pareva essere il capofamiglia lo guardò a lungo, poi scuotendo il capo disse:

– Qui non ci sono taverne, signore. Anzi per molte leghe all'intorno ci siamo solo noi, io e la mia famiglia. Se volete favorire... vi possiamo offrire quel poco che abbiamo.

– Grazie, – rispose il re, – accettiamo volentieri –. E fatto cenno a Fidelio di seguirlo si chinò a raccogliere la cesta delle mele che avrebbe dovuto portare la ragazza. In quel gesto, il cappuccio gli scivolò sulle spalle e apparvero i lunghi capelli biondi trattenuti intorno alla fronte da un sottile cerchio d'oro affinché non si scompigliassero durante la caccia.

Tutti riconobbero il re. Enrico se ne accorse e disse divertito:

– Spero che l'invito sia ancora valido.

I contadini s'inchinarono confusi, poi il capofamiglia disse:

– Non abbiamo nulla da offrire che sia degno del re...

– Ci sono sempre queste mele... – scherzò Enrico.

Ma già il contadino aveva mandato un suo figliuolo a vedere che cosa fosse finito nella nassa che tenevano nel vicino ruscello. La ragazza era sparita. Certamente era corsa ad avvertire la madre dell'inatteso ospite.

Si può facilmente immaginare che la madre, dopo un attimo di smarrimento, abbia tolto dal fuoco la zuppa di rape e cavoli che stava cuocendo per la famiglia, abbia velocemente impastato una focaccia salata e l'abbia messa a cuocere nella cenere insieme ad altre rape e alcune uova. Dall'unico stipo avrà tolto la forma piú bella di cacio serbata per l'inverno, e l'avrà posta sulla tavola.

Intanto giungeva a casa il ragazzo che era stato mandato al ruscello, reggendo a stento la nassa piena di piccoli pesci e grossi gamberi. Non erano certo pesci da tavola regale, e i gamberi erano addirittura sconosciuti ai signori delle corti. Tuttavia furono messi su una graticola posta sulle braci ancora scoppiettanti. Solo i pesci piú grossi furono sventrati.

E arrivava anche il capofamiglia, con il re che portava il cesto delle mele e Fidelio che conduceva i cavalli per la briglia. Trovarono la tavola di legno grezzo già imbandita, con larghe fette di pane nero a far da piatti, una piramide di rape arrostite nel mezzo, un'altra di uova già sode, e il cacio, morbido ma non troppo, con un coltello piantato nel centro.

– Vi chiediamo scusa, signore, ma non abbiamo birra né carne, perché il nostro maiale non è ancora stato macellato.

Enrico sorrise furbescamente e, fatto un cenno a Fidelio, disse:

– Abbiamo vino e salsiccia, che ci portiamo sempre dietro quando andiamo a caccia –. E infatti Fidelio rientrava reggendo due fiasche di vino e una ruota di salsiccia spessa e profumata di aglio e di pepe. I bambini sgranarono gli occhi sorridendo, gli adulti inghiottirono saliva in silenzio.

Intanto la focaccia era cotta, morbida e calda venne tolta da sotto la cenere e ripulita con una pezzuola bianca. I pesci e i gamberi passarono dalla graticola in una gran ciotola di legno, dove vennero cosparsi di sale.

Cosí cominciò quel singolare banchetto del re con una famiglia di contadini. Tutti mangiarono alla medesima tavola, come il re aveva voluto. Ognuno si serviva di ciò che gradiva prendendolo con la mano e ponendolo sulla sua fetta di pane nero. La padrona di casa tagliava grossi pezzi di cacio e Fidelio bei tocchi di salsiccia. Nessuno parlava: i contadini per la gran soggezione dovuta alla presenza del re; il re per il grande appetito stimolato dalla cavalcata. Quando si accorse di aver sete, prese la fiasca, ingollò un lungo sorso, e la fece girare tra i commensali. Anche i bambini bevvero il vino del re.

– Che cosa sono? – chiese Enrico indicando i gamberi.
– Gamberi, signore, – rispose il contadino. – Volete assaggiare? – E cosí dicendo ne sceglieva uno dei piú grossi, lo sgusciava e lo metteva davanti a Enrico, che lo toglieva dalla sua fetta di pane prendendolo per la coda e se lo metteva in bocca.

– Buonissimo, – esclamò. – Molto piú buono di qualsiasi pesce mi sia mai stato servito a palazzo. Dove si pescano?

– Nel ruscello qui dietro la casa, insieme a questi piccoli pesci. Questa, vedete, signore, – disse il contadino prendendone uno anche lui per la coda, – è una trotella. Ci riteniamo fortunati quando ne peschiamo una. Prego, – e cosí dicendo la offriva a Enrico, – è per voi, signore.

– No, grazie. Di trote ne mangio spesso a corte. Di questi invece, – e indicava i gamberi, – non me ne servono mai.

– Perché non sono stimati cibo da signori, – disse il contadino, cui il vino generoso aveva sciolto la lingua. Gli altri della famiglia non parlavano, ma tutti avevano le gote rosse e gli occhi lucenti. Anche i bambini. Anche le donne. Nessuno di loro aveva mai bevuto vino.

Il re s'informava delle condizioni delle colture, della segala, dell'orzo che producevano i campi lí attorno, già arati e pronti per la semina. Il contadino era mezzadro e, pareva, di un signore umano e giusto. Allevava due maiali, uno per sé e uno per il padrone: ma entrambi venivano macellati piú avanti nell'anno, in modo che la carne potesse bastare per tutto l'inverno.

– Se osassi chiedervelo, – disse il contadino, – vi inviterei per la festa del maiale. Quando il macellaio, che passa da queste parti ai primi di dicembre, viene ad ammazzare il nostro porco, si fa una gran festa, la piú grande di tutto l'anno. Si cuoce il fegato nella sua rete di grasso, poi i piedini e il muso, e si mangia per una settimana.

– Ci verremo, vero, Fidelio? Nel caso in cui passiamo da queste parti. Per ora il vostro re vi ringrazia di averlo ospitato cosí cortesemente –. E fatto cenno a Fidelio di compensare i contadini, sorrise al tentativo del capofamiglia di restituire mezza ruota di salsiccia che era avanzata, ma accettò qualche porzione di focaccia e qualche mela rossa che la fanciulla gli porgeva.

– Cosí se ci viene fame durante il viaggio, mangeremo pane e mele –. E si accomiatò allegramente.

Il figliuolo maggiore del contadino condusse per le briglie i due cavalli, che durante il pranzo erano stati lasciati a pasturare in uno spiazzo erboso accanto alla stalla, dove avevano potuto rifocillarsi e riposarsi. Mentre con una mano teneva i cavalli, con l'altra accarezzava il collo di quello del re, un bel morello giovane e scattante.

– Ti piacciono i cavalli? – chiese Enrico vedendo il gesto del ragazzo.

– Molto, signore, – rispose quello arrossendo.

– Quando ripasserò da qui, te ne porterò uno in dono.

Il ragazzo sollevò verso di lui gli occhi lucenti di gioia. – Grazie! Grazie, signore! – gridò mentre i due cavalieri si allontanavano al galoppo.

Il re si volse a salutarlo con la mano.

Enrico aveva a quel tempo da poco passato i vent'anni, e il suo animo sapeva ancora accogliere momenti di spontanea gaiezza. Cosí rari ormai nella sua vita.

– Ci verremo davvero alla festa del maiale, Fidelio, ci verremo eccome, se saremo da queste parti, – disse cavalcando allegramente.

Fidelio non rispose: pensava che tante cose potevano accadere prima d'allora, e non buone. Ma non volle spegnere l'entusiasmo del suo re.

A Ebersberg la notizia dell'elezione di Ildebrando li aveva preceduti. Trovarono Williram scontento e preoccupato; corse incontro a Enrico e lo abbracciò in silenzio.

VII.

Il re e il suo consigliere

– Tutto dipende da te, Enrico, perché le intenzioni del papa sono ben note, e pure la sua intransigenza. È pronto a scagliarti contro la scomunica se ostacolerai il suo progetto di riforma e restaurazione dell'autonomia della Chiesa.

– Mi scomunicherà comunque, padre, e voi lo sapete. Il suo scopo non è solo ristabilire l'autonomia della Chiesa in Germania, ma suscitare una guerra tra i principi tedeschi, quelli che mi sono fedeli e i miei nemici. In questo modo il mio potere verrà indebolito, e il suo rafforzato.

– Forse lo giudichi troppo male. Può darsi che il suo intento non vada oltre la riforma della Chiesa.

– Mi odia. L'ho visto nei suoi occhi l'unica volta che l'ho incontrato, quando venne in Germania per preparare il terreno all'elezione del suo predecessore. E io non avevo ancora vent'anni.

– Ma eri già noto per le tue relazioni con donne di piacere, Enrico, e questo un uomo di Chiesa non può sopportarlo, soprattutto quando si è rigorosi come Ildebrando.

– Ero noto anche come pupillo del vescovo di Colonia, che non aveva fatto mistero di essere legato a mio padre e alla sua discendenza.

Williram a quelle parole tacque. Sapeva che Enrico aveva ragione. Dopo il soggiorno all'abbazia di Cluny, Ildebrando non aveva fatto mistero del suo impegno politico, che era, sí, di riformare la Chiesa secondo princîpi spirituali – e quindi cacciare preti e frati peccatori nella carne, le loro concubine e i bastardi che infestavano parrocchie e conventi, punire la sordida avarizia degli ecclesiastici che s'impadronivano delle elemosine per i poveri –, ma soprattutto ristabilire nel territorio dell'impero, al cui trono era designato Enrico, la supremazia del papa su qualsiasi autorità terrena. E questo voleva dire sottrarre all'autorità imperiale i ricchi vescovadi tedeschi, con le loro rendite e il loro potere temporale e spirituale.

– Enrico, – riprese Williram, – è inutile che ci nascondiamo la realtà. Io non credo che Ildebrando ti odi solo perché sei figlio di tuo padre o per il posto che occupi nel mondo. Il nodo della questione che vi rende avversari è l'investitura dei vescovi tedeschi. Soprattutto dei grandi elettori dell'imperatore, quelli che un giorno saranno chiamati a votare per te o contro di te.

– Lo so bene, padre. Il papa pretende che siano suoi vassalli, e in caso di conflitto, suoi alleati contro di me. Da ciò mi devo difendere facendo apparire chiaramente che sono io a sceglierli e che il loro potere deriva da me.

– Ed è questo che il papa non sopporta. Appellandosi al diritto canonico e a tutti i documenti scritti su questa materia, sostiene che da lui deriva ogni potere dei principi della Chiesa, anche quello temporale che troppo spesso si associa a quello spirituale. Ogni cosa quindi deriva da lui. Il cerimoniale religioso dell'investitura, senza la sua approvazione, è una mascherata, dice.

– E allora il problema è insolubile. Io non intendo accogliere nel mio regno vescovi di cui non posso fidarmi o, peggio, che so essermi ostili. Ho già abbastanza nemici tra i principi laici...

Williram scosse la testa desolato. Sapeva che le richieste, o meglio, le pretese del papa erano intese a indebolire il potere dell'imperatore, chiunque egli fosse, e a fargli accettare la sua supremazia, soprattutto in campo politico. E temeva che Ildebrando, accanendosi contro Enrico, volesse mostrare al mondo intero che lui, inerme e senza esercito, aveva la forza di piegare la volontà del suo avversario. Sarebbe stato un esempio per la storia futura e per tutte le nazioni del mondo cristiano.

– I principi laici... – mormorò Williram, – per adesso sono loro il problema piú urgente. Bisognerebbe sapere quali ti sono veramente fedeli, quali nemici, e quali pronti a seguire il piú forte.

I signori tedeschi infatti erano tutti all'erta e stavano meditando da quale parte schierarsi quando il dissidio tra papa e imperatore fosse sfociato in aperto conflitto.

Ma nell'attesa del momento decisivo tenevano accuratamente celate le loro intenzioni. Soprattutto quelli che avevano in animo di tradire il re.

Enrico ne era certo e ne era certo anche Williram. Ne avevano piú volte parlato cercando di distinguere i fedeli dai falsi amici. Ma era troppo difficile conoscere l'animo nascosto sotto l'ipocrisia del cortigiano. Tutti in quei giorni ostentavano un amabile sorriso, ed evitavano persino di incontrarsi e di scambiare qualche parola.

Su uno solo Enrico non aveva dubbi: il cognato Rodolfo di Svevia. Quello sarebbe stato il primo a tradirlo. Espresse questa sua certezza al vecchio amico, il quale, pur nutrendo in petto i suoi stessi timori, gli chiese:

– Che cosa te lo fa supporre, Enrico? Che cosa hai potuto notare nel suo comportamento?

– Niente, padre mio. Se non che è stato il primo ad annunciarmi l'elezione del papa, e io sentivo che nascondeva il giubilo sotto le rughe della fronte.

– È troppo poco, figliuolo. Però è giusto che tu stia in guardia da lui, anche perché ti è parente e quindi potrebbe avanzare diritti legittimi, in certo senso. Adesso avviamoci al refettorio, che è l'ora della nostra cena. Se ci avessi avvertiti del tuo arrivo, avrei fatto preparare qualcosa di meglio. Ma sei venuto cosí, all'improvviso...

– Non preoccupatevi, padre. Ci è stato offerto un pranzo delizioso da certi contadini, ai quali abbiamo promesso di tornare, io e Fidelio, per la festa del maiale. Questa sera possiamo accontentarci della minestra di cavoli del convento. Ne sento già l'odore, – concluse ridendo il giovane re.

C'era proprio zuppa di cavoli al convento di Ebersberg, quella sera, ma insaporita con battuto di lardo e aglio. Enrico ebbe la sua scodella con al fondo una fetta di pane nero, su cui fu versato un mestolo di zuppa densa e profumata, che mangiò con sano appetito, come quando, ragazzo, andava a trascorrere qualche giorno nel piccolo convento di Ebersberg. E gli tornarono alla mente quei giorni sereni, in cui ancora non sapeva che un monaco nato in un paese della Toscana, figlio di umili contadini, aveva già appuntato gli occhi su di lui, attendendo le sue prime mosse da re, per aggredirlo con il suo immenso potere.

VIII.

Il *Dictatus Papae*

Due anni dopo l'elezione, Gregorio VII espose il suo pensiero e il suo programma in uno scritto a cui certamente aveva lavorato per molti anni. Uno scritto durissimo e intransigente, in cui affermava la supremazia dell'autorità papale su ogni autorità terrena, la facoltà del pontefice di deporre re e imperatori, nonché i vescovi investiti dai laici, liberando in tal modo i sudditi da ogni vincolo di obbedienza.

Questo gesto era previsto da tutti, temuto da molti, gradito ad alcuni. Ma nessuno ne aveva presagito la durezza e l'arroganza. L'avvertimento era diretto senza ombra di dubbio a Enrico, con implicita minaccia di scomunica. La situazione era tanto preoccupante che fu Williram, questa volta, a lasciare il suo convento per recarsi a corte. Voleva subito parlare con il re.

– Ne ero sicuro, – disse senza riuscire a nascondere la sua amarezza. – Sapevo che le intenzioni di Gregorio andavano ben oltre la riforma della Chiesa e la questione dell'investitura dei vescovi tedeschi. Ma non avrei mai pensato che osasse affermarlo apertamente.

– La minaccia di scomunica è per me, – mormorò Enrico. – Il suo vero scopo è di sciogliere i miei sudditi dall'obbedienza. Sarei un re senza regno.

Enrico era veramente turbato, non tanto dal senso dello scritto, quanto dal tono duro con cui Gregorio svelava i suoi fini piú nascosti.

– Che cosa pensi di fare, Enrico? – chiese Williram, piú per scuotere il giovane re dall'abbattimento in cui era precipitato dopo la lettura delle parole del papa, che per avere una risposta.

Enrico riprese padronanza di sé e guardò negli occhi quello che considerava già da tempo il suo maestro.

– Riunire i principi tedeschi per conoscere le loro intenzioni non servirebbe a nulla, perché nessuno rivelerebbe il suo vero animo. Quindi non so... non so proprio come agire, – rispose Enrico chinando la testa.

– Esito a dirlo, perché non vorrei spingerti a un gesto azzardato, – riprese Williram, – ma nel testo del *Dictatus* un buon causidico, un sottile conoscitore del diritto canonico, potrebbe rinvenire qualcosa di molto simile al peccato di simonia. Il fatto, per esempio, che il papa si arroghi il diritto di deporre re e imperatori, e che ponga il potere papale al di sopra di qualsiasi altro potere...

– Il tenore della bolla, padre mio, è quello di un padrone assoluto, che non ammette replica, che chiude la bocca a chi non la pensa come lui.

– Sul tono non si può intervenire, anche se concordo con te che è l'aspetto peggiore del *Dictatus*. Nessun papa prima di lui era stato cosí arrogante. Mi raccomando, Enrico, sii prudente...

Ma il re non fu prudente; riuní i principi di Germania in una Dieta che depose il papa. Questi, nel sinodo romano del 1076, rispose scomunicando Enrico IV.

Fu il caos. Molti principi tedeschi si ribellarono. La Germania fu percorsa da eserciti in guerra tra loro. Le campagne devastate, molte città prese d'assedio. Nessuno sapeva da che parte stesse il diritto, e tanto meno che cosa fosse giusto o ingiusto. Sola, sovrana, s'impose su tutte le campagne abbandonate la miseria. Nessuno piú coltivava i campi, perché non c'era la certezza del raccolto. I contadini lasciarono le case e le campagne, per non essere uccisi dagli avversari dei loro padroni. Chi poteva si rifugiava entro le mura dei castelli o delle città. Quando le mura furono chiuse ai profughi, essi vi si accamparono attorno a chiedere l'elemosina, a morire di fame o di freddo.

Dopo un anno di rovina, i principi tedeschi si riunirono a Treviri e decisero di ristabilire una parvenza di legalità; concessero a Enrico un anno di tempo perché ottenesse il perdono dal papa e riuscisse a far revocare la scomunica. Si sarebbero riuniti di lí a un anno esatto ad Augusta, e allora soltanto, qualora il re fosse riuscito a far revocare la scomunica, avrebbero riconosciuto la sua autorità.

Enrico, se pure ha vinto qualche battaglia contro i principi ribelli, sa di aver perso ogni diritto di sovranità. Sa di poter essere abbandonato anche dai sudditi piú fedeli in qualsiasi momento, per qualsiasi motivo. È veramente solo. Accetta la decisione dei principi, i quali ritengono impossibile il perdono del pontefice e considerano l'anno di attesa come una semplice tregua.

Enrico lo sa. Sa che l'odio del papa gli preclude ogni possibilità di riuscita. Non ha quasi piú amici di cui potersi fidare. Amici potenti, s'intende. Ma non si lascia abbattere. Fa sapere ai principi tedeschi che si sottomette al loro verdetto e scompare. Di lui si perde ogni traccia.

IX.

Verso l'Italia

L'alba si levava incerta tra le nebbie del Tirolo, un giorno grigio di ottobre, senza speranza di sole. Le sagome scure degli abeti accompagnavano come spettri il piccolo gruppo di uomini che saliva lo stretto sentiero tra le foreste. Due cavalieri precedevano l'esigua schiera, seguiva una portantina su un carro trainato da due muli, poi altri otto uomini sotto i cui abiti s'indovinavano sagome d'armi.

A mano a mano che la schiera guadagnava la cima del colle, la nebbia si diradava, si faceva meno bigia, piú trasparente. Ma il freddo era sempre piú rigido e gli uomini si stringevano nei loro mantelli. Uno dei due cavalieri che precedevano il gruppo, il quale anziché in un mantello di lana era avvolto in una folta pelliccia di volpe, si avvicinò alla portantina e, scostando un poco le cortine, chiese:

– Come state, padre mio?

– Come vuoi che stia, figliuolo, con questo freddo e con tutti i miei anni... – rispose Williram. – Ma dal momento che tu hai chiesto la mia compagnia in questo viaggio... eccomi qua. Speriamo che si alzi il sole e ci riscaldi un po'.

– Presto faremo sosta nel castello di un signore di sicura fedeltà, cosí vi potrete scaldare e rifocillare.

– Non è la fame che mi fa soffrire. È il freddo, e insieme l'incertezza di questo viaggio. Soprattutto perché sono io che te l'ho consigliato, e ora mi tormenta l'idea di averti fatto commettere un errore.

– Tra i signori italiani ho piú amici che tra i tedeschi, e voi lo sapete –. Cosí dicendo Enrico si toglieva la pelliccia di volpe e la stendeva sul corpo intirizzito di Williram.

– Che cosa fai, figliuolo, non vorrai morire di freddo tu, che sei cosí prezioso!

– Vedrete che quando avremo superato questo passo troveremo l'estate. Solo questi monti ci separano dalla valle dell'Adige e dalle belle campagne d'Italia, – rispose Enrico e cavalcò via.

Intanto i cavalli scivolavano sul sottile strato di neve gelata che copriva il sentiero. Soprattutto gli animali che trainavano la portantina. Infatti a un tratto la portantina si trovò bloccata in una buca. I due muli, nonostante i loro sforzi, non riuscivano a tirarla fuori. Allora il re e Fidelio scesero da cavallo e presero per le stanghe il carro su cui era montata. I cavalieri che seguivano, anch'essi smontati da cavallo, spinsero da dietro. A un ordine del re il postiglione frustò i muli, tutti fecero forza, il re e Fidelio sollevarono il carro: la buca fu superata e la schiera poté riprendere il cammino.

– Avete visto, padre? – disse Enrico tutto festoso. – La prima difficoltà l'abbiamo superata.

Williram scosse la testa sorridendo. Che cosa non gli faceva fare quel suo regale pupillo! Lo aveva quasi rapito dal convento, e ora sicuramente i suoi confratelli si stavano chiedendo dove fosse. Lui, cosí vecchio, dove poteva essere andato senza avvertire nessuno, solo, alle soglie dell'inverno? Forse lo stavano cercando nei fossati attorno al convento, nelle forre, nelle boscaglie, aspettandosi di trovare un corpo congelato, semisepolto nel fango.

Solo il padre guardiano sapeva che Williram era partito per una missione segreta, ma aveva l'ordine di non dirlo a nessuno, non sapeva però verso quale direzione. Dopo qualche giorno i monaci sospesero le ricerche e fecero dire una messa funebre per il loro abate.

Neppure le spie di Rodolfo, messo in allarme dalla sparizione del re, erano riuscite a trovare tracce del loro passaggio nei sentieri che dal palazzo reale portavano al convento di Ebersberg. Williram era uscito a piedi come per una passeggiata, ma dove incominciava la boscaglia aveva trovato la portantina con il re e Fidelio, anch'essi allontanatisi da palazzo come per una caccia. Il resto degli uomini stava nascosto nel folto della foresta, e lí tutto il gruppo si riuní. Cavalieri e portantina costeggiarono per un certo tratto un fiumicello che la attraversava. E fino a quel punto le spie del duca Rodolfo poterono seguire le loro impronte profondamente impresse nel terreno fangoso. Ma sulla riva, nel tratto in cui il piccolo fiume era guadabile, tanto che nel mezzo emergeva un'isoletta, le persero. Cosí, carro e cavalieri, che in quell'isola fecero una prima sosta, se ne partirono senza lasciare traccia, seguendo la corrente che scorreva placida tra le due rive boscose. Nessuno sapeva in quale direzione fossero andati.

Enrico aveva ragione: superate le montagne del Tirolo, già in parte innevate e battute da venti gelidi provenienti da settentrione, improvvisamente la temperatura si fece piú mite. Saliva dal basso un vento leggero, quasi una brezza, che portava il tepore e i profumi dell'autunno: profumo di messi mietute di recente, e un odore acuto che nessuno conosceva. Era l'odore del mosto, che veniva dalle cantine dei castelli e dei cascinali, dove l'uva appena raccolta ribolliva nei tini e lentamente si trasformava in vino.

Le colline erano coperte da filari di viti, quali gialle come il sole, quali rossicce, che recavano evidenti i segni della vendemmia: tralci abbandonati per terra, foglie strappate, rami tagliati dalle roncole affilate dei vendemmiatori. Segni di una rituale violazione, che in primavera la mano dell'uomo avrebbe riparato.

Enrico s'insinuò col suo cavallo in mezzo ai filari, subito imitato da Fidelio e dagli altri cavalieri, a raccogliere i racemi dimenticati dai vendemmiatori. Il re trovò un grappolo intatto di uva dorata, e corse a offrirlo a Williram. Poi veloce voltò il cavallo e tornò nella vigna.

Quando, stanco di spiccare e mangiare la dolce uva mezza passita, tornò alla portantina, trovò il vecchio che accarezzava il grappolo con dita tremanti:

– Guarda, Enrico, cosí doveva essere l'uva che maturava nel Libano, i grappoli di cui parla il Re Salomone, dolci come miele, turgidi e succosi. Forse siamo anche qui in una terra felice –. E cosí dicendo, staccava un acino e lo portava alle labbra, gustandolo con gli occhi chiusi per meglio goderne il sapore. Il re guardava commosso il vecchio amico.

X.

Sulle rive del Garda

Proseguendo nel loro viaggio verso meridione, Enrico e i suoi giunsero sulle rive di un lago che all'inizio pareva piccolo e stretto, circondato com'era da alte montagne, poi andava allargandosi in un'ampia verdissima pianura. Strani alberi muovevano alla brezza piccole foglie argentate. Tutti si fermarono a guardarli: non avevano mai visto alberi simili, dalle foglie tanto coriacee che, a ogni soffio di vento, davano un suono come di arbusti secchi, e nascondevano piccoli grappoli di frutti, ora verdi, ora rossicci o neri. Williram sorrise:

– Questi sono ulivi, – disse, – e da quei frutti si ricava l'olio piú fino del mondo. Ne parla spesso il Vangelo, perché anche in Palestina crescono in abbondanza. Credo proprio che siamo giunti in una terra che unisce i doni del meridione a quelli delle regioni settentrionali. Vedete laggiú? Sono meli e peri come i nostri. Deve essere proprio una regione benedetta da Dio. Speriamo che sia anche amata dagli uomini che la abitano.

Aveva detto queste ultime parole come dubitandone, perché aveva scorto sulle alture castelli fortificati, attorno ai quali si ammucchiavano casupole di contadini: segno evidente che quella era una terra inquietata, percorsa da guerre. Sapeva infatti, per quanto vagamente, che i signori italiani avevano spesso contese tra di loro, per una striscia di campagna, per un ponte su cui gravava un diritto di pedaggio, per una strada. Sapeva anche che si dividevano in due fazioni: quelli che erano fedeli all'imperatore e quelli che gli erano ostili, apertamente o no.

– Le guerre sono dappertutto, – mormorò scuotendo la testa mentre la portantina riprendeva il suo viaggio, – e queste belle terre, che ora ridono al sole d'autunno, potrebbero essere devastate e spopolate, ridotte a un deserto incolto, su cui i contadini dovranno spezzarsi la schiena per anni perché tornino fertili. Dove ci sono uomini ci sono sempre guerre. I potenti non possono farne a meno, desiderosi come sono di accrescere la loro potenza. E talvolta soccombono. I poveri, i contadini, soccombono sempre, da qualunque parte stiano, dei vinti o dei vincitori.

Guardava la superficie del lago increspàrsi alla brezza del tramonto, incendiarsi alla luce radente del sole e poi incupirsi quando l'astro era ormai sceso sotto l'orizzonte occidentale.

«Cosí, – pensava Williram, – è la vita: un breve scintillio di gioia, e poi l'ombra della sera, che precede il buio della morte. Ma neppure quel breve spazio di gioia l'uomo riesce a godere, anche quello distrugge e nega a sé e agli altri».

Lasciato il lago, proseguirono per una bella pianura fertile, sulla quale sorgevano qua e là colli isolati o riuniti in gruppi, dai pendii dolci, coltivati a vigne e frutteti. Procedevano lentamente, perché il carro che trasportava la portantina era pesante, e i muli andavano al passo. Non fecero mai sosta in un castello perché nessuno doveva sapere che tra quei cavalieri senza insegne e senza armature c'era il re. Quando calava la notte si accampavano in un luogo qualunque attorno al carro su cui giaceva Williram. Dovevano apparire come un gruppo di pellegrini in viaggio verso un luogo santo. Della poca gente che incontrarono nessuno chiese loro niente, né recò danno o disturbo.

Ma la pianura, dopo che ebbero traversato il Po su un traghetto manovrato da una specie di gigante, ben presto finí. Cominciarono le prime pendici dell'Appennino; e la temperatura si fece subito rigida. Venti gelidi percorrevano le valli, scendendo dalle cime delle montagne. Al freddo si univa la fatica, perché i sentieri diventavano sempre piú ripidi, e ogni tanto compariva la neve.

– Come state, padre? – chiedeva Enrico, preoccupato per la salute del vecchio abate.

– Come Dio vuole, figliuolo. Le pellicce non bastano a ripararmi dal freddo, forse perché viene dal cuore. Mi rimprovero, Enrico, di averti dato quell'infausto consiglio. Dovevo sapere che la tua impulsività giovanile ti avrebbe spinto a decisioni azzardate. Ho sbagliato, e ora per colpa mia ti trovi in una situazione senza uscita.

– Ma tutti i vescovi di Germania erano d'accordo quando deponemmo il papa, tutti senza eccezione, – ribatté Enrico.

– Per forza. Essendo stati investiti da te, e non dal papa, sarebbero stati tutti automaticamente deposti. La loro unica legittimazione eri tu. Siamo ancora distanti dal castello di Canossa?

– Non molto, – rispose Enrico. – Il sentiero è sempre piú ripido, la neve s'infittisce e il vento spira piú forte. È segno che ci stiamo avvicinando a Canossa.

– Che Dio ci protegga, – mormorò Williram, e chiuse gli occhi, non per dormire, ma per cercare di immaginare come sarebbero stati accolti.

XI.

Il castello di Canossa

Si levava minaccioso in cima a una rupe che sovrastava le alture circostanti, già tutte innevate.

– Perché, signore, andiamo a sostare in quel castello? – chiese Fidelio al suo re. – Non ha un aspetto rassicurante, cosí turrito e severo. Sembra costruito apposta per la guerra.

– E lo è, Fidelio mio, – rispose Enrico cavalcando al passo su per l'erta ripida che conduceva al castello. – L'abate Williram ritiene che lí potremmo incontrare il papa.

Alla prima cinta di mura trovarono il ponte levatoio sollevato. Alcuni arcieri stavano pronti con gli archi tesi e le frecce incoccate. Fidelio fu mandato a parlamentare sull'orlo del fossato, in cui l'acqua scorreva impetuosa sotto una sottile crosta di ghiaccio. Annunciò che Enrico, re di Germania e imperatore designato, era lí giunto per conferire con la contessa Matilde, e con lui era l'abate Williram del convento di Ebersberg.

Colui che sembrava il capo degli arcieri fece cenno che tutto il seguito si fermasse fuori dalle mura. Poi, cigolando, cominciò a scendere il ponte levatoio. Solo Enrico e la portantina di Williram furono fatti passare.

Superarono scortati da dieci armigeri due cinte di mura, dove non c'erano ponti levatoi né altri fossati, ma pesanti portoni con armature di ferro, e si trovarono in una squallida corte, piú simile al piazzale di una fortezza che alla corte di un castello. Non c'erano alberi né piante da fiore, ma solo un portico spoglio con panche di pietra tutt'attorno. Anche le mura del castello erano di pietra, grigie, altissime, senza decorazioni né sculture. La corte era piena di neve ammucchiata dal vento.

– Sembra di non essere piú in Italia, sembra di essere tornati in Germania, – disse Enrico guardandosi attorno stupito. – La tristezza deve abitare questo castello.

– Certo non dev'essere un luogo di delizie, – ammise Williram. – La contessa Matilde non è stata fortunata nella sua vita, neppure nel matrimonio. E si è data tutta a pratiche religiose. Perciò è molto amica del papa, che proprio in questi giorni sta qui.

– Ma voi, padre, come lo sapete?

– Me l'hanno detto alcuni confratelli dei conventi qui attorno, dove ha sostato lungo il viaggio. Pare che sia diretto in Germania.

– Certo per suscitare la rivolta dei principi tedeschi contro di me, – osservò amaramente Enrico.

– Molto probabilmente, Enrico. È in gioco la tua corona. Qui, se hai fortuna, riuscirai ad ammansire il papa, e far revocare la scomunica.

Enrico scosse il capo:

– Non sarà possibile. Quello, Gregorio VII, mi odia da sempre; fin da quando ero un bambino e giocavo nei giardini del vescovo di Colonia, e lui era un frate qualunque.

– C'è da sperare, Enrico, che tu trovi un alleato in questo castello.

– Qui, padre? E chi può essere?

Williram tacque a lungo riflettendo, poi disse abbassando la voce in un sussurro:

– Mi è giunta notizia che è ospite della contessa Matilde, proprio in questi giorni, l'abate Ugo di Cluny, che conobbe Ildebrando quando soggiornò nel suo monastero. È un religioso molto severo, ma verso di te non credo che nutra alcun odio. Spero che la sua presenza riesca a mitigare la durezza di Gregorio... la sua sete di vendetta. È un uomo molto potente e dispone delle immense ricchezze del suo monastero. Il papa non può nulla contro di lui.

– Ho dunque qualche speranza, padre?

– Forse, figliuolo, forse.

Williram dovette lasciare la sua portantina ed Enrico il cavallo e la spada. Furono introdotti in un grande atrio di pietra grigia, da cui si dipartiva un'ampia scala assai lunga. La salirono faticosamente, Enrico reggendo con la sua forza giovanile il peso del vecchio. Alla sommità della scala si apriva una sala scarsamente illuminata da quattro finestre profonde e strette, la cui luce era in parte assorbita dallo spessore del muro. Una luce piú forte, ma ineguale, proveniva dalle torce infisse nelle pareti, che sembravano disposte in modo da lasciare in ombra alcune parti della sala.

In una di queste zone buie stava un trono di legno coperto di cuscini. Tra i cuscini, quando gli occhi degli ospiti si furono abituati a quell'irregolare chiarore, apparve una figura avvolta in un manto di pelliccia, con il viso rivolto verso il muro, cosí da perdersi nell'oscurità.

– Benvenuti nel castello di Canossa, – disse quel volto invisibile. – Sono la contessa Matilde di Toscana.

I due ospiti s'inginocchiarono ringraziando.

– Conosco lo scopo della vostra visita, – continuò la voce misteriosa, – ma la persona da cui tu, Enrico, attendi il perdono, non è ben disposta verso di te. Troppo profondamente l'hai offesa. E adesso esige da te una dura penitenza, compiuta la quale, deciderà nella sua infallibile saggezza se concederti il perdono. Accetti la penitenza, qualunque essa sia?

– Accetto, – rispose Enrico.

Allora sorsero dall'ombra quattro armigeri, che tolsero al re le sue vesti preziose, la pelliccia, i calzari, e coprirono la sua nudità con un saio da penitente. Williram taceva a capo chino, come assorto in preghiera.

La voce continuò:

– In questa veste e senza calzari starai per tre giorni e tre notti a scontare la tua penitenza nella corte, dove tutti possano vederti. L'abate Williram potrà, se lo vorrà, essere ospitato nel castello.

– Non voglio, – disse Williram tremante, forse di sdegno.

Il re venne trascinato via dagli armigeri, mentre Williram lo seguiva reggendosi a stento sul suo bastone. Quando si volse per salutare la contessa, gli parve che una figura si muovesse nel buio di una nicchia. Per un attimo un bagliore d'oro ruppe l'oscurità, poi piú nulla. Ma Williram fu certo che, nascosto nel buio, qualcuno aveva ascoltato. E quel bagliore d'oro era la tiara del papa.

XII.

La contessa Matilde

Enrico e Williram si ritrovarono soli sotto il portico della corte coperta di neve. Il freddo era pungente ed Enrico si sentiva venir meno. Malgrado la complessione robusta e la giovane età, il gelo che saliva dai piedi nudi gli stava invadendo tutto il corpo.

– Padre, io non resisto. Devo morire di freddo? È questo che vuole il papa? Giuro che se sopravvivo a questa penitenza e riacquisto il mio potere mi vendicherò del male che mi ha fatto e lo perseguiterò fino a farlo morire.

– Figliuolo, non è questo il momento di pensare alla vendetta. Cerchiamo di sopravvivere. Il verdetto di Gregorio è stato molto crudele, assai piú spietato di quanto immaginassi. Ma non credo che la contessa Matilde ci abbandonerà cosí, lasciandoci morire assiderati. E non dimenticare che forse abbiamo un alleato nell'abate di Cluny. L'arroganza del papa deve aver offeso anche lui. Cerchiamo di resistere fino al calare della notte. Col buio forse qualcuno verrà in nostro soccorso.

– Perché avete voluto condividere la mia sorte, padre caro, voi cosí vecchio e debole?

– Se tu fossi qui solo, in questa corte che sembra un buco dell'inferno, non sarebbe peggio?

– Infinitamente peggio. Ma io temo per la vostra salute…

– Taci. Sento uno scalpiccio. Vedi quel lume alla finestra di fronte?

– Per tenerci d'occhio, certamente. Non avete udito che debbo essere esposto alla vista di tutti?

– La notte ci nasconderebbe comunque alla vista di tutti. La notte è buia in questi giorni di luna nera. Chi volesse sorvegliarti dovrebbe scendere qui, in questa corte.

– Sento cigolare una porta. Qualcuno viene a sorvegliarmi. Speriamo che porti soccorso almeno a voi, padre. Io posso anche morire.

Da una porta nascosta dietro un contrafforte del castello uscirono due servi, con le braccia cariche di qualcosa, che si rivelò essere un mucchio di pellicce. In silenzio i due deposero le pellicce su una delle panche di pietra. Enrico e Williram vi si avvolsero.

– È già qualcosa, – commentò Enrico. – Ci porteranno anche da mangiare?

– Per adesso accontentati, – disse Williram. – Aspettiamo l'ora in cui il papa è solito andare a dormire. Ho fiducia che allora accadrà dell'altro.

Passarono due ore, due lunghissime ore durante le quali Williram misurò il tempo dal moto dei pianeti. Poi tutte le luci del castello si spensero. Le finestre divennero occhiaie buie nel buio delle sale. La notte era debolmente illuminata dalle stelle. Williram le guardava inseguendo i suoi pensieri.

A un tratto la porta, sempre la stessa, che dava accesso a una scala stretta, si riaperse, e dal buio emersero nella debole luce stellare i due servi che prima avevano portato le pellicce. Fecero cenno ai penitenti di seguirli. La porta fu richiusa silenziosamente alle loro spalle. Uno dei due servi aiutò Williram a fare i gradini, troppo alti e ripidi per il vecchio abate; la strettezza della scala, chiusa tra due muri, ne rendeva piú difficile la salita.

Finalmente giunsero a una specie di atrio, che una pesante tenda di cuoio separava da una piccola sala, dove i due ospiti furono fatti entrare. Anch'essa era illuminata da torce infisse nel muro, ma disposte in modo che nessuno spazio restasse buio. E, soprattutto, era riscaldata da un grandissimo camino dove ardeva un grosso ceppo di castagno. Quasi nel mezzo, vi era una piccola tavola apparecchiata: con due piatti d'argento e due calici pure d'argento. Prima che Enrico si sedesse nel seggio per lui preparato, i due servi gli tolsero il saio, gli fecero indossare una lunga tunica di lana e lo rivestirono di calzari e pelliccia.

Enrico e Williram si guardavano attorno stupiti credendo di sognare. Frattanto i servi avevano accostato alla tavola due seggi coperti di cuscini, avevano fatto cenno agli ospiti di sedersi ed erano andati via. C'erano anche due pani sul tavolo: Enrico non resistette al suo giovanile appetito e ne prese un gran pezzo che divorò. In quel momento rientrarono i due servi, uno dei quali recava su un largo vassoio un capretto arrostito, che spandeva un grato profumo di rosmarino mescolato a vari aromi. L'altro portava una fiaschetta di vino che versava nei calici dei due commensali. Mentre questi bevevano avidamente per smorzare l'arsura causata dal freddo, il primo servo tagliava larghe fette di carne e le poneva nei piatti degli ospiti che, affamati, le addentavano con voluttà. Enrico, primo a finire la sua porzione, fu tosto servito di una seconda, poi di una terza, mentre Williram mangiava lentamente a piccoli bocconi, accompagnandoli a pezzetti di pane che staccava, quasi religiosamente, da una delle morbide pagnotte a forma di focaccia.

– Senti, Enrico, – disse porgendogliene un pezzo, – è ancora caldo. Facciamo conto che sia un'eucarestia –. E alzato il suo calice, bevve e lo passò all'amico. Enrico mangiò il pane e bevve il vino. Poi riprese il cosciotto di capretto e, addentandolo allegramente, disse: – Chi sarà mai la persona che ci offre questa eucarestia?

In quel momento una tenda si sollevò, e apparve una figura di donna, tutta avvolta in un lungo mantello trapunto d'oro, con un copricapo che le faceva ombra sul viso. Dopo essersi fermata alquanto sulla soglia, si avvicinò alla tavola e sedette su un seggio uguale a quello degli ospiti.

– Benvenuti, – disse in tedesco, – avrei voluto offrirvi un'ospitalità piú amichevole, ma papa Gregorio non lo concede. La sua sorveglianza e quella degli altri miei servitori si limita però alle ore del giorno. La notte è mia e di quei due servitori che vi hanno soccorso, e che mi sono devoti. Da loro, come da me, non avete nulla da temere. Io non vi sono nemica.

Enrico riconobbe la voce della contessa Matilde. Cercò di frugare con lo sguardo sotto il cappuccio, ma non riuscí a scorgere gli occhi della donna.

– Come mai parlate la mia lingua? – chiese colpito dal fatto che Matilde si era espressa in un tedesco abbastanza fluido e corretto. La donna sorrise furbescamente:

– Nella mia infanzia sono vissuta alcuni anni in terra tedesca, con mia madre Beatrice. Eravamo come degli ostaggi alla corte del vescovo di Colonia.

Enrico trasalí, mentre Williram nascondeva un sorriso involontario abbassando il volto sul piatto.

– Anch'io sono stato una specie di ostaggio del vescovo di Colonia, – disse Enrico non riuscendo a dissimulare la sua sorpresa, – e sono stato educato alla sua corte, ma non con mia madre, bensí per tenermi lontano da lei.

Un sorriso enigmatico apparve sulla bocca di Matilde, che il copricapo lasciava in luce. Williram taceva continuando a rimuginare i suoi segreti pensieri. Solo Enrico non riusciva a nascondere il suo stupore. Aveva smesso di mangiare, benché avesse ancora fame, e scavava nella memoria inseguendo un ricordo che era apparso improvvisamente.

– Matilde! – gridò a un tratto. – Tu sei la piccola Matilde! Ti chiamavano Tilda, là a Colonia. Sei quella bambina che giocava con me quando i maestri me lo permettevano. Sei tu, vero?

– Sono proprio io, – ripose calma Matilde, scegliendo un grappolo di uva da un cesto che stava sulla tavola. – Sono quella bambina a cui volevi a tutti i costi insegnare a tirare con l'arco. Finivamo sempre per litigare.

– Non hai mai imparato a tirare con l'arco, – disse Enrico acccennando un sorriso. – Non avevi una buona mira.

– Non m'interessava affatto imparare a tirare con l'arco, – rispose Matilde ostentando indifferenza. – Ero piú grande di te e tu eri per me solo un piccolo rompiscatole.

Williram rise, perché ricordava bene le baruffe di quei due bambini, che riuscivano a essere felici anche nel loro esilio.

– Adesso sei migliorato, però, – aggiunse Matilde guardando con interesse il volto di Enrico. – Sei sposato? – disse fingendo di non sapere.

– Sí, ma non conta molto. Mi hanno dato una sposa che nemmeno conoscevo. E tu? – domandò Enrico stando al gioco.

Matilde alzò le spalle. – Anche a me hanno dato uno sposo che non avevo mai visto.

Tra questi discorsi la cena ebbe termine. I due servi ricomparvero silenziosamente e accompagnarono Williram in una stanza dove lo attendeva un caldo giaciglio. Da quando aveva lasciato il convento era la prima notte che dormiva in un vero letto, al caldo e senza alcun timore. Solo, mentre il sonno stava per sopraffarlo, si chiese dove fosse stato condotto Enrico. Per la prima volta dall'inizio del viaggio dormivano separati. Ma poi il sonno s'impadroní della sua mente e i pensieri si dissolsero nel nulla.

Enrico intanto era stato condotto da Matilde in una piccola stanza quasi interamente occupata da un letto coperto di pellicce. La contessa lo teneva per mano.

– Tu, Enrico, dormirai qui. Ma domani mattina, prima dell'alba, uno dei miei due servi verrà a svegliarti, ti porterà la tua veste da penitente e ti condurrà nella corte, nella neve... Là dovrai stare fino a che scenderà nuovamente la notte... Ti ho fatto preparare degli stivali di pelle del colore della tua carne. Il papa non scende mai nella corte e di lontano sarà ingannato dal colore degli stivali. Sotto il saio potrai tenere la camicia di lana che ti ha fatto indossare il servo. Solo il tuo pasto sarà come vuole il papa, pane e acqua. Buonanotte. Cerca di dormire perché parte della notte è già passata –. E fece l'atto di andarsene.

Enrico la trattenne per la mano:

– Matilde, aspetta almeno che ti ringrazi –. E le baciava la mano e poi saliva verso il polso con baci sempre piú lunghi e caldi. Lei lo lasciava fare guardando da un'altra parte, indifferente.

– Matilde, non sono mai riuscito ad amare nessuna donna.

– Né io alcun uomo, – disse la contessa ritirando il braccio e scomparendo dietro la tenda che chiudeva l'ingresso della stanza.

Enrico rimase a guardare la tenda di cuoio che si muoveva, poi si avvolse nelle pellicce che coprivano il letto e si addormentò.

XIII.
La penitenza

– Neanche tuo marito? – chiese Enrico la notte seguente accarezzando nel buio il corpo nudo di Matilde che giaceva nel suo letto. Quella notte la contessa non era riuscita a sfuggire all'abbraccio di Enrico. O non aveva voluto.

– Mio marito? Lo conosco appena. È vecchio e gobbo. Vive quasi sempre in Germania. È uno dei tuoi principi. Ricordo che mi fu presentato una volta, quando ero bambina, alla corte di Colonia: era tanto brutto che scappai via piangendo. Forse me lo avevano già destinato come sposo.

– Siamo due infelici, – disse Enrico baciandole i capelli sciolti sul petto, – e siamo due persone tra le piú potenti del mondo. Io, re e imperatore; tu, contessa di Toscana e padrona di mezza Italia. E questo papa crudele che mi vorrebbe morto, e ci riuscirebbe, se non ci fossi tu ad aiutarmi…

– Ma noi lo inganniamo, come vedi, – lo interruppe Matilde. – Egli è ora piú potente di noi, ma noi siamo piú furbi –. Disse questo celando appena un sorriso e volgendo la testa di lato. – E poi, se non ti avesse imposto questa penitenza, forse proprio per vederti morto, non ci saremmo mai incontrati. Vedi come sono infiniti i casi della vita?

– Hai ragione, – e rinnovò gli abbracci, a cui Matilde reagiva debolmente, forse piú per eccitarlo che per sottrarvisi.

– Ildebrando di Soana, – mormorò Enrico nell'esaltazione del piacere, – a tuo scorno io godo quello che tu, sotto la tiara, non hai mai goduto.

Cosí trascorsero i giorni di penitenza di Enrico IV di Franconia nel castello di Canossa. Con le prime luci dell'alba, che tardavano a comparire perché si era nel cuore dell'inverno, Enrico scendeva nella corte piena di neve, in veste da penitente, e s'inginocchiava per essere veduto dal papa. Il quale compariva a una finestra altissima e constatava compiaciuto che il re proseguiva nella sua penitenza, a piedi nudi nella neve, vestito del solo saio. Forse si meravigliava che sopportasse cosí bene il freddo e la fame. Anche la solitudine gli aveva imposto, adducendo come pretesto che l'abate Williram era troppo vecchio per condividere quella penitenza, pur avvolto in pellicce e riparato nella portantina. Il pensiero segreto del papa era, sí, quello di togliere a Enrico persino il conforto dell'amico fedele, ma in lui c'era anche il timore che il re andasse ogni tanto a riscaldarsi nella portantina, e a mangiare, magari, qualche buona fetta di arrosto che il vecchio poteva portargli, sottraendola alla tavola o alla cucina del castello.

Cosí papa Gregorio infieriva sul suo prigioniero per spezzarne la volontà ribelle e costringerlo ad accettare la sua supremazia.

– La pena che avete inflitto al re di Germania potrebbe trasformarsi in omicidio se il re morisse per causa vostra, – disse un giorno l'abate Ugo di Cluny, che sedeva a tavola con il papa, la contessa e Williram.

– Vi sbagliate, monsignore, le mie mani sono e saranno sempre monde del suo sangue. Non intendo ucciderlo, né di persona né tramite un sicario, siatene certo, – rispose Ildebrando con la sicurezza di un esperto causidico. – Se dovesse morire per il freddo, non sarei stato io a ucciderlo.

– Non ne sono cosí sicuro, – obiettò Ugo di Cluny. – Per quanto il vostro ragionamento sia inattaccabile da un punto di vista puramente logico. Speriamo che Dio lo aiuti a sopravvivere a questa terribile prova, perché non sempre il mondo capisce e accetta le sottigliezze di un fine causidico, quale voi, Santità, vi rivelate.

Disse queste ultime parole con evidente tono di minaccia, che tutti i presenti colsero, pur rimanendo zitti. Ma Ildebrando non riuscí a frenare la sua ira:

– Orribili furono i peccati suoi: ha osato disobbedirmi, ha continuato a investire con la sua empia mano i vescovi tedeschi, ha offeso la mia persona facendomi deporre da una congrega di scomunicati. Non vi sembra troppo? La solitudine e il buio lo aiuteranno a riflettere sui suoi errori, – concluse gelido Ildebrando. E si alzò per andare a controllare il penitente.

– Auguratevi, auguriamoci tutti, che Dio non voglia la sua morte, – ribatté Ugo di Cluny accentuando il tono di minaccia, che tolse a tutti la voglia di parlare. E senza aggiungere altro si alzò e inchinandosi a Williram e alla contessa, uscí dalla sala. Un pesante silenzio seguí quel gesto molto eloquente.

– Voi mangiate troppo poco, contessa, – disse Williram per rompere l'atmosfera che si era creata.

– Il pensiero di quel poveretto a pane e acqua mi toglie l'appetito, – rispose Matilde, mentre il papa tornava a sedersi a tavola.

– Siete troppo buona, signora, – disse Ildebrando riprendendo a mangiare. – Ma fate bene, il molto cibo accende il sangue alla lussuria. Anch'io ho sempre avuto per norma di vita il mangiare poco, solo quanto basta a spegnere la fame.

Il buon Williram, che stava spolpando con il gusto di chi non vi è abituato una coscia di pollo, si fermò domandandosi se dovesse continuare o riporre la coscia nel piatto. Ma tosto riprese. Sapeva bene, il vecchio abate, che la contessa avrebbe ben piú lietamente cenato quando si fosse fatto buio, con il re, soli, seduti uno accanto all'altro, vicini, molto vicini. Troppo? si domandava il vecchio abate. A questa domanda, con tutta la sua saggezza, non riusciva a rispondere. E non perché ignorasse quello che tra lui e lei avveniva durante la notte.

– La vita mi risarcisce di ciò che mi ha tolto, – aveva detto Enrico. – E lui sapeva che la stessa cosa accadeva a Matilde. Era giusto che avessero quel risarcimento, gli diceva il cuore. Era giusto anche, ma questo era un pensiero piú segreto che non osava confessare nemmeno a se stesso, che essi disobbedissero al papa, che aveva preteso da Enrico una penitenza a cui nessuno avrebbe potuto sopravvivere.

Quello in cui incespicava il suo pensiero era l'adulterio. Entrambi commettevano, amandosi, adulterio. E questo era contro la volontà di Dio. La legge... Qui la sua mente si smarriva, e il povero vecchio passava buona parte della notte a interrogarsi sulla legge di Dio. Non diceva anche di non far violenza agli altri? Ai piú deboli? Ai fanciulli?

E gli tornavano alla mente le parole di Enrico giovinetto, quando si ribellava all'idea di dover sposare una donna mai vista, e sognava l'amore semplice e spontaneo, e lui per consolarlo aveva tradotto dal latino il *Cantico dei Cantici*, e glielo aveva regalato come dono di nozze. Non si era mai fatto illusioni che potesse funzionare. E ora Enrico aveva trovato l'amore, ma non quell'amore innocente che aveva sognato, e che forse si sogna solo da ragazzi... Anche lei, Matilde, doveva aver fatto gli stessi sogni, e poi le avevano dato per sposo un uomo crudele, brutto e gobbo. E Williram si addormentava con la certezza che Dio li avrebbe perdonati.

Mentre il vecchio cedeva al sonno, uno dei due servi ogni notte andava ad aprire la porticina ai piedi della stretta scala e faceva cenno a Enrico di entrare. Dietro la pesante tenda di cuoio, nella saletta ben riscaldata, Matilde lo accoglieva tra le sue braccia con baci sempre piú caldi, gli toglieva con le sue mani il ruvido saio e lo rivestiva di panni caldi. Poi insieme, avvolti in una sola pelliccia, lietamente banchettavano.

Il giovane re divorava, affamato, tordi e quaglie, grandi fette di prosciutto caldo, interi cosciotti d'agnello, e lei gli spezzava il pane con le sue mani, staccava per sé un'ala di pollo, un tocchetto di prosciutto, una fetta di cosciotto, e mangiavano felici come fanciulli finché la loro fame non era saziata.

Bevevano il vino dallo stesso calice. Poi piluccavano acini d'uva da un cestino che era in mezzo alla tavola. E cominciavano a parlare.

– Ti sei ricordato di mangiare almeno un pezzo del pane della tua penitenza? – chiedeva lei con un piccolo sorriso.

– No, – rispondeva Enrico, – lo voglio mostrare intero al papa e dirgli che ho voluto aggiungere alla penitenza che mi ha inflitto anche il digiuno.

E ridevano entrambi.

Ma perché Matilde teneva la fronte sempre coperta da acconciature o cappucci che facevano ombra sugli occhi?

Ridevano quegli occhi? Enrico se lo chiese piú volte nei giorni che trascorse al castello di Canossa. Anche nelle notti del loro amore Enrico cercava invano gli occhi di Matilde, che si celavano nel buio.

Poteva sfiorarli con la mano, come un cieco che esplora il volto della donna amata, ma non riusciva a coglierne l'espressione.

Piú tardi, quando le vicende della vita li avrebbero separati, Enrico sarebbe tornato con angoscia su questo pensiero, chiedendosi perché Matilde non gli avesse mai mostrato il suo sguardo, ciò che meglio si ricorda di un viso amato quando si è lontani.

XIV.

Il perdono

Erano trascorsi i tre giorni e le tre notti all'addiaccio imposte a Enrico dal papa come penitenza, e ora Ildebrando se lo vedeva lí davanti, ancora vivo.

E pareva non aver sofferto molto per la dura penitenza.

– Enrico, – gli disse scrutandolo da capo a piedi, – Dio ha voluto mostrare in te la sua onnipotenza sottraendoti alla morte in questa prova dolorosa. Sai che significa ciò?

Enrico, prostrato a terra alla presenza della corte riunita, con le braccia aperte in croce e il volto sul pavimento, vestito del solo saio e a piedi veramente nudi, questa volta, rispose:

– Che io debbo rispettare la sua volontà manifestata in terra dal papa –. Questo disse con le parole, ma altro rivolgeva nel cuore.

– E sei tu disposto a fare la sua volontà secondo la nostra intenzione? – aggiunse il papa.

– Sí, Santità, – mentí Enrico.

– Alzati, – e gli porse la mano da baciare in atto di omaggio. Enrico la baciò. Poi fu rivestito dei suoi abiti e dei suoi calzari, e rimase in piedi davanti a lui.

– Poiché Dio ha voluto mostrarti la sua misericordia, noi, papa Gregorio, ti perdoniamo le offese arrecate alla nostra persona, e ti assolviamo dai tuoi peccati, fiduciosi che tu mai piú ricada nell'abisso che il demonio spalanca davanti a te. Con questo segno ti liberiamo di ogni colpa, – disse tracciando in aria un gran segno di croce, – e ti rendiamo il titolo di legittimo re di Germania. Ti presenterai, cosí mondato dei tuoi peccati, alla Dieta di Augusta, dove i tuoi elettori decideranno se accettarti come loro imperatore. Ma che le tue mani non si macchino mai piú del peccato di simonia nominando i principi della Chiesa, che solo il papa ha diritto di nominare.

Enrico accettò tutto, si sottopose a tutto, promise obbedienza al papa, giurò, sapendo di mentire e spergiurare, nascose sotto le ciglia abbassate lo sdegno per quella pubblica umiliazione e il suo odio per il mortale nemico.

Allora uscí dalla folla e avanzò fino al cospetto del papa rimanendo in piedi davanti a lui, in atto quasi di sfida, un uomo alto, elegantemente vestito di una lunga tunica nera stretta in vita da una cintura d'oro, il quale, tendendo la mano destra con l'indice puntato verso Gregorio, esclamò:

– Tu, Gregorio, piú di tutti devi rallegrarti che il re non sia morto in conseguenza della folle penitenza che gli hai imposto. Che altrimenti avresti avuto in me un nemico irriducibile.

Si levò tra i cortigiani un mormorio di stupore; nessuno riusciva a capire chi fosse quell'uomo che osava sfidare pubblicamente il papa. Anche Enrico lo guardò meravigliato allontanarsi dalla corte, dopo aver fatto un rapido inchino a lui e aver baciato la mano alla contessa Matilde.

Gregorio rimase impassibile. Non rispose una sola parola. Ma tutti si avvidero che era stato uno scontro fra due potenze, impari forse agli occhi del mondo, pari in realtà agli occhi di coloro che erano addentro ai misteri della Chiesa.

L'indomani l'abate di Cluny partí con il suo seguito dal castello di Canossa.

Il re e il papa si fermarono alcuni giorni ancora: il papa per preparare il suo viaggio di ritorno a Roma, ora che si era reso inutile proseguire per la Germania. Il re per ristorarsi, cosí pareva, delle privazioni sofferte durante i giorni di penitenza.

– Sei stato molto bravo, Enrico, durante la cerimonia del perdono, – gli disse Matilde abbracciandolo nella loro notte d'amore.

– Sapessi quali pensieri si agitavano dietro la mia fronte china. Pensieri terribili, che neppure l'infallibilità del papa avrebbe potuto immaginare, – rispose Enrico.

– Io li immagino, – e gli chiuse la bocca con una mano. – Dimentica, – aggiunse.

– No. Mai.

Enrico e il papa sedevano adesso alla medesima tavola, con la contessa e l'abate Williram, mangiavano le stesse squisite pietanze e celavano dietro gesti di cortesia i loro pensieri segreti e il loro insopprimibile odio. La contessa lo sapeva, e cercava con tutta la sua esperienza mondana di intrattenere i commensali con discorsi piacevoli, che non toccassero questioni gravi, come il potere supremo conteso tra i due rivali o le prerogative che ognuno di essi arrogava a sé: prima tra tutte, l'investitura dei vescovi tedeschi.

– Santità, – disse in tono soave, – avete notato che il re non ha neppure mangiato il pane della penitenza?

– Veramente? – chiese incredulo Ildebrando, – e per quale motivo?

– Per rendere la sua contrizione piú completa con il digiuno, – rispose Matilde con un candido sorriso.

Ma Enrico intervenne e, abbassando il capo, disse:

– La contessa è troppo buona con me, in verità devo confessare che un morso l'ho dato in quel pane, sia pure uno solo, per la troppa fame a cui la mia debolezza non ha potuto resistere. E ve ne chiedo perdono, – disse con tono di untuosa umiltà rivolto al papa. Il quale, ostentando una commozione che non provava, rispose:

– Questo digiuno non ti era stato imposto, figliuolo, ma sarà certamente gradito al Signore, quale testimonianza della tua profonda contrizione.

Williram levò dal piatto un paio d'occhi spalancati: non avrebbe mai immaginato che la perversione dei due amanti arrivasse a tal punto, e neppure l'ipocrisia del papa. Piú tardi, a un'esplicita domanda di Enrico sulla misteriosa persona che aveva osato sfidare apertamente il papa, spiegò al re ignaro:

– Quello era l'abate Ugo di Cluny, l'unico al mondo che potrebbe incutere timore a Gregorio, se Gregorio conoscesse il timore.

– Perché ha preso le mie difese, se io nemmeno lo conosco? – chiese ingenuamente Enrico.

– Non ha preso le tue difese, – continuò il vecchio scuotendo la testa, – semplicemente ha voluto far capire a Gregorio che nel suo *Dictatus* è andato troppo oltre, arrogandosi il diritto di scomunicare chiunque. L'ha messo in guardia dall'offendere in qualsiasi modo lui e il suo monastero.

XV.

La morte di Williram

Dopo la partenza del papa, Enrico indugiò al castello di Canossa qualche settimana ancora: ufficialmente, come già detto, per riprendere le forze perdute durante i giorni della sua penitenza, in particolare per guarire da un'affezione bronchiale dovuta al gran freddo patito nella corte, che in realtà era forse solo un banale raffreddore. Ciò che lo tratteneva a Canossa, in verità, era la contessa Matilde, la calda atmosfera delle cene con lei e la salute dell'abate Williram.

Era pur vero che le notti d'amore avevano perso gran parte del loro fascino, da quando non erano piú rubate alla sorveglianza del papa e dei suoi servi. Anzi, cominciavano a diventare un'abitudine per entrambi gli amanti, e talvolta un'abitudine persino un po' noiosa. Piú piacevoli erano invece per Enrico le cene, veri e propri banchetti in cui comparivano trionfanti arrosti di maiale, allegre schidionate di tordi e pernici, fagiani dalla delicatezza insuperabile, avvolti in lardo croccante, tutte cose già note anche alla mensa del re, ma che alla tavola della contessa acquistavano un sapore particolare, insolito. O era suggestione? Compariva anche, talvolta, qualche piccola squisitezza, modesta nell'aspetto e povera negli ingredienti, come piccoli involti di pasta cotti nella cenere del camino e ripieni di un profumato impasto di erbe aromatiche, cacio e salsiccia. Lo stesso impasto, morbido e succulento, sortiva talvolta da un pollastro disossato e arrostito, il quale a sua volta poteva saltar fuori dal ventre di un porcellino da latte.

Ma ciò che al re piacque sopra ogni altra cosa, furono certi strani animaletti, impastellati e fritti in strutto bollente, croccanti, le cui ossicine si sentivano frantumarsi sotto i denti, di un sapore indefinibile, che ricordava vagamente quello dei gamberi mangiati nella casa dei contadini. Lo disse a Williram, chiedendogli se mai sapesse che animali fossero. Williram non lo sapeva.

– Sono rane, – aveva detto la contessa, – cibo di povera gente, che però talvolta piace anche a noi. Gli stagni della pianura ne sono pieni, e l'inverno è la stagione giusta per mangiarle.

E poi c'erano i vini, che Enrico in parte conosceva, perché anche a corte talvolta si bevevano. Ma questi erano i vini delle terre italiane, ognuno con il suo profumo e sapore particolari, che la contessa Matilde sapeva accoppiare ai vari cibi con grande perizia.

Il castello di Canossa, il castello della penitenza e dell'umiliazione del re, era diventato il luogo delle delizie. Ma Williram non pareva goderne. Mangiava senza appetito, beveva senza piacere, e non vedeva l'ora di partire. Temeva che l'assenza del re, prolungandosi oltre il previsto, suscitasse altre ribellioni. Ma soprattutto non aveva piú dubbi, Enrico e Matilde vivevano in peccato di adulterio. Adulterio che ora non aveva piú alcuna attenuante; prima poteva contribuire alla sopravvivenza del re, alleviando le sue sofferenze e privazioni. Ora si trattava solo di lussuria, peccato di lussuria.

Questo toglieva ogni sapore al vino, ai succulenti pasticci, ogni profumo al rosmarino degli arrosti, ogni piacere alla tavola fastosamente imbandita, con cui Matilde pareva voler festeggiare la partenza del papa. Cosí un giorno Williram prese in disparte il re:

– Enrico, è ora di tornare in Germania. Per il tuo e per il mio bene.

Il re si aspettava questo discorso, e dovette confessare a se stesso che non gli giungeva del tutto sgradito. Tuttavia non volle darlo a vedere e chiese:

– Per il mio bene, capisco. Ma perché anche per il vostro?

– Ho nostalgia del mio convento. Vorrei morire là, nella mia patria, tra i miei confratelli... – e un accesso di tosse interruppe le sue parole.

– Fa ancora molto freddo, padre, l'inverno non è finito, e dovremo riattraversare tutte le montagne. Non sarebbe meglio aspettare qui la primavera?

– Enrico, non vedi che la neve si è già sciolta e persino questa corte, cosí tetra, è punteggiata di erbette verdi? La primavera non è lontana, siamo a metà febbraio... Ho voglia di rivedere il mio piccolo convento... – e di nuovo la tosse soffocò la sua voce.

– Voi siete malato, padre. Fermiamoci qui, al caldo, finché non sarete guarito... E non è per la nostalgia del vostro convento, non è per voi che volete partire... è per me.

– Hai ragione. È soprattutto per te. Per due motivi che tu ben sai. Di essi non so quale sia il piú grave: il primo è che vivi con la contessa Matilde in peccato di adulterio...

– Lo so, – lo interruppe il re, e sarei pronto a porre fine al nostro legame. Ma come reagirebbe la contessa? Non dimenticate, padre, che il suo potere è grande, qui, piú del mio. Abbiamo pochi cavalieri, e se lei non volesse lasciarci partire, dovremmo considerarci suoi prigionieri.

– È mai possibile che un vecchio prete debba insegnarti come si tratta con una donna innamorata? A te? che sei noto per le tue arti di amatore libertino. Ma c'è una ragione ben piú importante: ora che hai la bolla con il sigillo del papa, devi affrettarti alla Dieta di Augusta, devi riunire tu i principi, anche se non è ancora trascorso l'anno che ti è stato concesso per ottenere il perdono. Devi convocarla tu, la Dieta, capisci, prima che prevalga l'insidia di qualche traditore... – Williram aveva detto queste cose tutte d'un fiato, e a un tratto gli mancò il respiro. Si lasciò cadere riverso sui cuscini a cui si appoggiava e chiuse gli occhi.

– Padre! – gridò Enrico spaventato dal suo pallore. Il vecchio mosse una mano cercando quella del suo pupillo, ed Enrico, sentendola fredda, si affrettò a stringergliela per scaldarla.

– Fa' come ti dico, affrettati, va ad Augusta, prima che prevalga qualche usurpatore... Non preoccuparti per me. Se anche dovessi morire lungo il viaggio, seppelliscimi in un luogo qualunque; la mia patria è dappertutto, è la terra. E ora lasciami, sono molto stanco.

Enrico andò via, e mandò Fidelio a vegliare davanti alla camera in cui riposava Williram.

Erano alcuni giorni che il vecchio abate non compariva a cena, ed egli aveva attribuito quell'assenza al dispiacere che il monaco provava per il suo legame con Matilde. Solo ora capiva che il suo amico era anche malato. Si rimproverò di avergli chiesto di accompagnarlo in quell'impresa, troppo faticosa per un vecchio come lui. Eppure non avrebbe potuto fare a meno del conforto che gli veniva dalla sua presenza.

Williram quella notte sognò. Si rivide nel suo piccolo convento di Ebersberg, solo, nell'orto dove gli piaceva coltivare lattughe e fiori, tanti fiori. Ed era primavera: dalla terra nera spuntavano quelli che lui aveva seminato con le sue mani, e i meli erano anch'essi tutti in fiore. Sognò che il cielo azzurro era percorso da lievi nuvole bianche, e il primo sole giungeva a lui attraverso i tronchi del frutteto. Ne sentiva il calore dolce nel freddo del mattino, sulle sue mani che tenevano la zappa nell'orto... Gli pareva anche di udire un lontano scampanio. Che fosse già Pasqua? Ma allora perché non suonava anche la campana della chiesetta del convento? C'era tanto silenzio intorno...

Enrico era inquieto. Decise che quella notte avrebbe parlato a Matilde. Le avrebbe annunciato la partenza. Come avrebbe reagito? Dovette riconoscere che ne aveva paura. Paura delle lacrime, delle scene che fanno le donne? Ne aveva viste tante, di scene. Tutte le volte che aveva annunciato a una delle sue amanti che il gioco era finito, che lui doveva partire. Lacrime, accuse, richieste di giuramenti. Sapeva che in genere erano parole false, perché non venivano dal cuore, bensí da un calcolo d'interesse.

Ma questa volta la sua paura era diversa. Sapeva che Matilde non era una di quelle deboli creature che fingevano di amarlo, o lo amavano perché l'amore del re le rendeva invidiabili agli occhi delle altre dame. Di Matilde, della sua reazione, aveva veramente paura.

Alla sua richiesta di lasciarlo partire Matilde non disse niente. O meglio disse che sí, che era giusto che lui tornasse in Germania. Ma quel povero vecchio, ce l'avrebbe fatta a riattraversare le Alpi? nel cuore dell'inverno?

– È lui che lo vuole, – rispose Enrico, molto sollevato in cuor suo dalla calma reazione dell'amante. – Io preferirei attendere qui la primavera –. E per dimostrarglielo la strinse tra le braccia. Matilde lo lasciò fare in silenzio.

Ma la partenza non fu immediata, perché Williram quella notte morí. Fu trovato esanime nel suo letto. Era morto serenamente. Solo. Come tutti sono soli nella morte. Il viaggio dovette essere rimandato di qualche giorno, il tempo necessario per la funzione funebre e la sepoltura nella cripta del castello.

Dinanzi alla vista dell'amico morto, Enrico era rimasto senza parole. Ammutolito dallo stupore, da un dolore che non consentiva lacrime, da sensi di colpa vaghi e molteplici. Colpa soprattutto. Per avergli quasi imposto quel viaggio nel cuore dell'inverno, e per averlo costretto ad assistere all'inganno che lui e Matilde avevano perpetrato ai danni del papa.

Ai danni? No. Che danno era mai derivato al papa dal loro inganno? Che lui non era morto di stenti nella corte del castello? Che Canossa era solo il luogo della sua umiliazione e non della sua morte? Enrico sapeva che il vecchio abate non aveva approvata «l'eccessiva severità del papa», come la definiva lui, la sua «crudeltà», come la chiamava Enrico.

Partí in un'alba fredda e livida di febbraio.

– Tornerai? – chiese Matilde al re già montato a cavallo.

– Non lo so, – rispose lui. – Sai che la mia vita non mi appartiene, come la tua non appartiene a te –. Le baciò la mano e spronò via.

XVI.

Il ritorno in Germania

La piccola schiera al seguito di Enrico ritrovò l'inverno sulle montagne del Tirolo, dopo il sole della pianura lombarda e i campi fioriti sulle rive dei grandi laghi. Ritrovò il freddo e la neve, cui si aggiungeva l'immensa tristezza per l'assenza di Williram, rimasto laggiú, nella buia cripta del castello di Canossa.

Enrico cavalcava distratto, accecato dalla neve gelata che il vento gli gettava negli occhi, assorto in cupi pensieri, con la mente rivolta ai suoi fantasmi. Williram era morto, eppure se lo vedeva davanti, col suo sguardo mansueto, le sue parole sagge: «Previenili alla Dieta di Augusta, prima che possano allearsi contro di te...», le sue ultime parole. Williram era stato l'unico di cui aveva potuto fidarsi, l'umile frate che capiva il modo di vivere dei grandi, le loro trame, i loro intrighi.

E Matilde? Una donna strana. Dopo tante notti d'amore appassionato, Enrico non avrebbe saputo dire se lo amava o se, per lei, era stato solo un gioco. Un gioco perverso per ingannare il papa. Questo era, di sicuro, l'intento di entrambi. Ma per lui, Enrico, c'era qualcosa di piú, che ora, dopo la separazione, andava prendendo un nome ben definito. Per la prima volta in vita sua, aveva amato. Lui, che aveva posseduto tutte le donne piú belle di Germania, aveva conosciuto l'amore con una donna non bella, piú vecchia, legata a filo doppio al papa e al partito dei suoi nemici. Era possibile? E... l'avrebbe mai rivista?

Questo pensiero fisso, quasi un rovello, accompagnava i suoi passi sulla via del ritorno. Di quella donna, di cui aveva conosciuto ogni millimetro del corpo nelle lunghe notti del loro amore, di cui ricordava la voce pacata e come spenta, anche nei momenti in cui avrebbe potuto esprimere liberamente la gioia o il piacere, che compiva i gesti d'amore in silenzio, come un rito, di quella donna lui non aveva mai viso gli occhi. Non sapeva neppure di che coloro fossero. Ma soprattutto non aveva mai visto la loro espressione, la gioia che illumina tutto il viso nell'estasi dei sensi, l'ira che lo rende terribile quando l'animo s'infiamma.

Anche al momento del loro congedo, quando l'emozione avrebbe potuto rendere tremula la voce o addirittura soffocarla, nel pronunciare quella parola che forse le era sfuggita contro la sua volontà, quel «tornerai?», non esprimeva nessun moto dell'animo. E gli occhi erano celati dal cappuccio di pelliccia.

Erano ormai arrivati alla pianura che, superate le Alpi, si stende verso settentrione, immensa, mossa da piccole colline, dolce e fertile. E vi avevano ritrovato la primavera. Il cuore dei cavalieri si apriva alla gioia: era la pianura della loro terra. Il sole scaldava le spalle degli uomini, le mani intirizzite sulle briglie; ghiaccio e neve erano rimasti indietro. Davanti a loro avevano il cielo azzurro e la speranza. Enrico si riscosse dai suoi pensieri, per la prima volta, dopo la partenza da Canossa.

– Fidelio, – disse al suo scudiero, – non è da queste parti che abbiamo incontrato la cascina dei gamberi?

– Sí, – rispose Fidelio, – e presto la ritroveremo, perché è sulla nostra strada, la via che porta ad Augusta.

Cavalcavano infatti, il piú velocemente possibile, verso Augusta, per giungervi prima di duchi e baroni, che avrebbero potuto far lega contro di lui, rompendo l'accordo che gli concedeva un anno di tempo per ottenere la revoca della scomunica, accordo firmato quando nessuno, neppure lui, avrebbe osato sperare nel perdono del papa. Duchi e baroni, pronti a tradirlo, avrebbero trovato re Enrico già insediato nel palazzo della

Dieta, restaurato nella sua dignità di re e finalmente imperatore.

Era assorto in questo pensiero, quando d'un tratto trasalí. Anche Fidelio doveva aver scorto qualcosa di sospetto, perché aveva improvvisamente trattenuto il cavallo, provocando cosí il brusco arresto di tutta la schiera.

– Fidelio, – disse il re puntando gli occhi nel fumo che si levava da una capanna bruciata, non molto distante da loro, – non è questo il luogo dove ci fermammo quella volta che fummo ospiti dei contadini? Quelli dei gamberi? Non è questo il ruscello? E quello laggiú il frutteto dove stavano cogliendo le mele?

– Signore, mi pare proprio che sia questo. Che sarà mai accaduto?

– Qualcuno ha dato fuoco alla casa, e anche alle colture, – disse il re indicando gli alberi da frutto che invece di offrire al sole i boccioli rosati dei fiori, levavano al cielo rami stecchiti e neri. Una folata di vento portò fino alla schiera l'odore acre del fumo.

– Non è stato per un incidente che la casa è andata a fuoco, altrimenti quegli alberi in fondo si sarebbero salvati.

– Proprio cosí, Fidelio, – gridò il re spronando il cavallo in quella direzione. – È stata un'aggressione. Hanno ucciso tutti e dato fuoco alla casa. Maledetti!

Giunti sul luogo dov'era la cascina, dovettero riconoscere che il re aveva ragione. Resti di corpi bruciati giacevano sul pavimento di terra battuta, alcuni portavano ancora i segni delle trafitture a colpi di spada. Le pareti di legno avevano alimentato il fuoco appiccato certamente con una freccia incendiata e scagliata contro il tetto di paglia. Doveva essere stato un assalto improvviso, prima dell'alba. La cenere era ancora calda.

Enrico ammutolí per lo stupore e il dolore. Poi diede sfogo alla sua collera:

– Maledetti. Li hanno uccisi perché ci hanno ospitati! Devono aver pensato che ci erano amici, e qualcuno che ci spiava avrà portato la notizia a un barone mio nemico, Rodolfo certamente, che sia maledetto! Ma perché loro, poveri contadini? Solo perché mi hanno accolto nella loro casa... Non avessi mai chiesto una mela a quella ragazza! – E a questo punto Enrico non poté trattenere le lacrime.

– Avete ragione, signore, cosa c'entrano loro con la nostra guerra?

– Fidelio, i contadini non c'entrano mai con le guerre dei principi, ma sono sempre quelli che subiscono le conseguenze piú atroci.

Era vero. Proseguendo infatti sulla strada per Augusta, scorsero altre capanne bruciate, arsi persino gli alberi da frutto. Gli armigeri del duca Rodolfo, convinti che tutta la regione fosse partigiana del re, avevano compiuto una strage orrenda, passando a fil di spada gli abitanti, incendiando capanne e interi villaggi. Enrico cavalcava accecato dall'ira e dal pianto. Dagli orti devastati spuntavano qua e là nella terra nera i primi cespi di lattuga, lí dove un piccolo spazio era stato risparmiato dalle scorrerie.

– Signore! Signore! – una voce chiamava da una macchia di salici. Enrico arrestò il cavallo e si guardò attorno. Vide una figuretta nera uscire da sotto gli alberi e correre verso di lui. Portava negli abiti e nel corpo i segni dell'incendio, ed Enrico riconobbe in lui il ragazzo dei gamberi.

– Signore! – gridò affannosamente quando fu giunto accanto al cavallo del re, – sono tutti nascosti là, tra quegli abeti. Devono aver saputo del vostro arrivo e vi hanno teso un agguato.

– Qualcuno li avrà informati, – disse Enrico. E, rivolto al ragazzo: – Monta davanti a me e tienti stretto al collo del cavallo –. Poi si volse alla sua schiera e disse:

– Dobbiamo fare un piano di battaglia. Per fortuna siamo stati avvertiti in tempo. Non ci hanno ancora visti. Aggiriamo quella macchia di abeti; li prenderemo alle spalle. Sai quanti sono?

– Una ventina circa, signore, – e cosí dicendo il ragazzo guardò in viso Enrico. Fu allora che il re vide quel piccolo volto fuligginoso, in cui le lacrime aprivano due solchi chiari. Lo carezzò con la sua grande mano e gli chiese:

– Come ti chiami?

– Hermann, ma i miei mi chiamano Manni –. Solo allora dovette rendersi conto che non aveva piú né casa né famiglia. Scoppiò in singhiozzi. Il re lo avvolse nel suo mantello.

– Povero ragazzo! Ti hanno ucciso tutti, – disse il re. Poi, rivolto ai suoi uomini: – Noi siamo dodici. Tredici con me. Se riusciamo a sorprenderli, possiamo avere la meglio. Quei cani devono essere stanchi, perché hanno lavorato tutta la notte, – aggiunse indicando col mento le rovine che li circondavano.

Li trovarono effettivamente addormentati per terra avvolti nei loro mantelli. Non c'era che un armigero di guardia, mezzo assopito sul suo cavallo. Tutto intorno, le tracce di un gigantesco banchetto: ossa di capretto e di agnello, teste di oca, e nel mezzo i resti di un grande fuoco, su cui le prede erano state arrostite. Sparse qua e là, botticelle di birra, alcune rovesciate, tutte vuote. Il cibo e la birra avevano avuto ragione di quell'audace schiera di armati, che avevano mostrato il loro coraggio uccidendo povera gente inerme sorpresa nel sonno, bruciando le loro case e distruggendo i coltivi. Un maialino legato a un albero grufolava stancamente sul terreno calpestato.

– Il mio maiale, – gridò il ragazzo. E il re, mettendogli una mano sulla bocca, sussurrò:

– Taci. Vedrai che adesso ce lo riprendiamo.

Cosí dicendo indicò a uno dei suoi arcieri l'uomo a cavallo. L'arciere tese l'arco, prese la mira, e una freccia passò da parte a parte la sentinella, che cadde da cavallo con un grido soffocato. Un altro gli fu sopra e gli trafisse la gola con la spada. Non fu una battaglia quella che seguí, ma una carneficina. Qualcuno, svegliato dallo scalpitio dei cavalli e dai rantoli dei morenti, tentò di fuggire a piedi, ma fu subito raggiunto da uno degli uomini del re, che non erano smontati dalle loro cavalcature, e trafitto dalla lunga spada dei guerrieri franconi.

Quando tutti furono uccisi e la vendetta compiuta, il maialino spaventatissimo fu liberato e affidato a Manni, in cui riconobbe subito il suo padrone, quello che tutte le mattine gli riempiva il trogolo di foglie di cavolo e di altri cibi prelibati. Si calmò tra le sue braccia, sotto gli occhi del re, che disse:

– Manni, questo porcellino è l'unico superstite. Prendi un cavallo e mettilo in groppa davanti a te. Sai andare a cavallo?

– Sí, signore.

– Manni, ricordi? Ti avevo detto che ti avrei dato in dono un cavallo. Questo che ora cavalcherai non è il cavallo che ti ho riservato. Quello potrò donartelo quando le cose andranno meglio anche per me. È una promessa.

– Grazie, signore, – disse il ragazzo rivolgendo al re uno sguardo d'affetto.

– Allora monta su uno di questi per ora, e stringiti bene il maialino al petto, che ti scaldi un po' e non ti scappi. E ora, tutti in sella e al galoppo verso Augusta!

In un baleno gli armigeri pulirono dal sangue le loro spade strofinandole con l'erba tenera di primavera. E tosto furono a cavallo. Il rumore della cavalcata si sparse per la campagna, per le collinette e i valloncelli, rompendo il silenzio di morte che la strage aveva diffuso all'intorno.

Era l'ora del mattino in cui i contadini erano soliti uscire dalle loro capanne per andare a coltivare campi e orti, era la stagione che vedeva schiene curve sui solchi, mani che zappavano, sarchiavano, potavano alberi da frutto. Voci si rincorrevano da un podere all'altro, voci di donne che chiamavano i figli, voci di bambini che uscivano a pascolare oche e maiali.

Quel giorno il silenzio di morte non era rotto neppure dal grido degli uccelli.

Udí il rumore della cavalcata un uomo che sedeva in sella al suo cavallo, e procedeva lasciando le briglie abbandonate sul collo dell'animale. L'uomo tese le orecchie. Chi potevano essere quei cavalieri che si avvicinavano al galoppo? Non certo quelli della sua schiera, i compagni che aveva lasciato addormentati nel boschetto di abeti, e che lo avevano mandato ad annunciare al duca Rodolfo l'esito della missione. Anche lui aveva preso parte a quell'impresa di morte, anche lui era stanco.

Quel rumore di zoccoli sempre piú vicino lo preoccupò. Per quanto s'interrogasse, non riusciva a spiegarsi chi poteva venire da quella parte, a quella velocità. I suoi compagni sicuramente ancora dormivano ubriachi di cibo e di sangue. Lasciò il sentiero e si nascose in un folto di pinastri un poco discosto.

Manni, che cavalcava accanto al re tenendosi ben stretto il suo maialino – che per altro non aveva nessuna intenzione di fuggire – e, accarezzandolo ogni tanto, abbassava gli occhi a guardarlo, scorse sul sentiero le impronte del cavallo che li precedeva, ben impresse nel terreno umido di rugiada. Le indicò con una mano al re, il quale fece cenno alla sua schiera di fermarsi.

– Sono impronte di un cavallo che va al passo, – disse Fidelio, – il che vuol dire che cavallo e cavaliere sono stanchi.

– È certo uno della schiera che abbiamo distrutto, forse mandato avanti a portare un messaggio a qualcuno. Avrà senz'altro udito il rumore della nostra cavalcata e si sarà nascosto, – disse Enrico. – Procediamo in silenzio seguendo il suo percorso.

Dopo un breve tratto di sentiero, le orme del cavallo sparirono. Il terreno era intatto. Ma, guardando bene attorno, non fu difficile, al re e ai suoi uomini, scorgere l'erba e i primi fiori del tarassaco piegati, una traccia che portava diritto alla macchia di pinastri. E là si diresse la schiera, e là sorprese il messaggero nascosto, il quale, annichilito dalla paura, non tentò né di fuggire né di opporre resistenza. Consegnò la spada e si diede prigioniero.

– Chi ha ordinato la strage dei contadini? – chiese senza preamboli il re.

– Il duca Rodolfo, signore, – rispose subito l'interrogato. Il quale evidentemente non era un eroe, o non approvava quello che gli era stato ordinato.

– Perché? – chiese di nuovo il re. Ma questa volta non ebbe risposta. Il prigioniero sembrava chiederselo anche lui.

– Per quale motivo? – insisté Enrico. – Che cosa avevano fatto quei contadini?

– Nulla. Forse il duca Rodolfo ha pensato che fossero vostri amici, – azzardò. Poi, accennando a Fidelio, aggiunse: – Siete stati visti uscire da una di quelle cascine, l'anno scorso.

– Hai sentito, Fidelio? Mio cognato ci spia, non vuole perderci di vista. Tanto ci ama... – E rivolto di nuovo al prigioniero:

– Parla. Che altro sai? Parla se non vuoi che ti uccida come abbiamo fatto con i tuoi compagni che russavano pieni di cibo e di birra, le mani ancora sporche del sangue dei contadini che avevano appena finito di sgozzare. Vedi questo ragazzo? – e indicava Manni stretto al suo maialino, – Dio solo sa come è sfuggito alle vostre spade. E ha visto morire tutti i suoi... – La voce del re era andata alterandosi fino alla collera.

Quello guardò il ragazzo, del quale per il gran terrore prima non si era accorto, poi rivolse al re gli occhi pieni di lacrime: – Io non volevo, signore, lo giuro! È stata una cosa orribile... – E tutti si avvidero allora che il prigioniero era poco piú grande di Manni. Videro anche, e lo notò soprattutto il re, che le sue mani, la corazza di cuoio e le sue vesti non erano insanguinate. – Non ho partecipato alla strage, – continuò, – e per questo motivo, accusandomi di vigliaccheria, hanno deciso di mandarmi come messaggero al duca Rodolfo, ben sapendo che avrei potuto essere ucciso nel viaggio.

– Voglio crederti, – disse il re, – ma di' tutto quello che sai. Che cosa sta tramando il duca contro di me?

– Ha inviato messaggeri ai principi, perché si riuniscano ad Augusta il piú presto possibile. Ha fatto spargere la voce che voi, signore, siete morto in Italia, e che ora la Germania non ha piú re.

– E tu come sai queste cose? – chiese Enrico stupito di udire una tale rivelazione.

– Ero paggio a corte, e confidente del duca, – disse il giovane arrossendo violentemente.

– Ma bene! Il mio caro cognato, oltre a essere un traditore, è pure un pederasta! E ora, mettendo in giro la notizia che io sono morto, si farà eleggere re al mio posto. Anche usurpatore, quindi! – La collera del re era grandissima. – Fidelio, al galoppo verso Augusta, per impedire questo misfatto, se è ancora possibile. E tu, – rivolto al prigioniero, – verrai con noi. Ma guardati bene dal tentare di fuggire, o di tradirci, perché tra di noi non ci sono pederasti, e nessuno muoverebbe un dito per salvarti dalla mia vendetta. Bada… – e lo minacciò con la lunga spada sguainata.

XVII.

La Dieta di Augusta

Il palazzo della Dieta, un'unica grande sala costruita in pietra, con strutture in legno a vista e soffitto retto da travi, era tutto pavesato a festa: vessilli con stemmi diversi erano infilati in anelli infissi nella facciata. Al centro dominava quello del duca di Svevia, Rodolfo il traditore.

La piazza antistante il palazzo era piena di gente, popolani, contadini delle campagne circostanti, venuti per assistere all'elezione del nuovo re, il successore di Enrico IV, morto in Italia. Un mormorio incessante percorreva la folla ammassata nella piazza, ma nessuna voce emergeva sulle altre. Tutti si chiedevano chi sarebbe stato il nuovo sovrano, solo per conoscere il nome della persona a cui avrebbero dovuto gridare «Vivat» ogni volta che l'avessero sentita nominare, e scoprirsi il capo se avevano un cappuccio. Il resto era indifferente. Qualunque di quei principi fosse stato eletto li avrebbe sfruttati come avevano fatto gli altri, secondo il rigido sistema feudale che dalla sommità della piramide, dove stava il re, attraverso la catena dei vassalli giungeva fino alla base, a loro, ai contadini: decime sui prodotti delle colture, obblighi di vassallaggio, razzie che portavano via quanto rimaneva, corvée imposte a ogni occasione. Solo dovevano stare attenti a sostituire al nome di re Enrico il nome del nuovo sovrano.

Nella folla appiedata, percorsa a tratti da qualche schiera di cavalieri al seguito di un signore, nessuno fece attenzione a uno sparuto gruppo di cavalieri, avvolti nei loro mantelli, fermi al margine estremo di quell'ammasso umano, silenziosi e con il cappuccio abbassato sul viso. I loro sguardi erano rivolti alla sommità della scala che portava all'ingresso del palazzo, dove sarebbe apparso un araldo che, dopo qualche squillo di tromba, avrebbe annunciato il nome del nuovo re.

– Maledizione! – mormorò quello che appariva essere il capo della piccola schiera. – Siamo arrivati troppo tardi. Qualcuno ci ha prevenuti, qualcuno deve averci traditi –. E il pensiero di Enrico ritornava su un nome, su una persona. Un sospetto che non voleva confessare neppure a se stesso, ma era lí, fisso in mente come un chiodo, e gli trapanava il cervello da quando erano arrivati e avevano visto la piazza piena di gente in attesa, e avevano constatato che la Dieta era stata convocata prima del tempo stabilito.

Enrico aveva discusso con Fidelio la possibilità di fendere quella folla e mostrare a tutti che non era morto, che la Germania aveva ancora il suo legittimo sovrano. Ma poi avevano dovuto convenire che non sarebbero mai arrivati vivi al cospetto dei principi riuniti. Conoscendo l'animo del duca Rodolfo, avendo scoperto come aveva giocato sulla menzogna della morte di Enrico per usurpare trono e potere, erano certi che aveva disposto sgherri all'ingresso del palazzo con l'ordine di uccidere chiunque avesse tentato di entrare, e soprattutto il legittimo re.

Era pomeriggio tardi. La Dieta, incominciata al levar del sole, si prolungava oltre un tempo plausibilmente normale, segno che non c'era stato accordo immediato tra i principi riuniti.

– Fidelio, – disse Enrico, – quando questo tradimento sarà consumato, qualcuno che mi sia fedele e sconosciuto a tutti dovrà insinuarsi alla corte dell'usurpatore e scoprire quale dei principi qui riuniti mi è rimasto fedele. Con quelli poi stringeremo alleanza per vendicare tale ignobile misfatto.

In quel momento l'araldo appariva in cima alla scala e suonava nella sua tromba d'argento i tre squilli che annunciavano l'elezione del nuovo re. Poi ne pronunciava il nome, mentre tutta la folla applaudiva con urla di insensata esultanza.

– Maledetto, – mormorò Enrico, mentre con la sua schiera silenziosamente si allontanava dalla piazza e spariva nel buio della campagna.

XVIII.

Hermann

– Fidelio, – disse Enrico, – dobbiamo assolutamente scoprire chi ci è fedele e chi ci vuole morto. Di questi ultimi uno ormai lo conosciamo. Mi ha già ucciso con le sue menzogne, e ti giuro che io ucciderò lui con la mia spada. Chi possiamo introdurre a corte perché frughi negli animi degli altri principi? Qualcuno che non sia conosciuto e mi sia veramente fedele.

– Hermann, – rispose senza esitazione Fidelio.

– Hermann? Ma è poco piú di un ragazzo. E poi non ha esperienza della vita di corte. Capirebbero subito che è un povero contadinello ingenuo. Sarebbe come mandare un agnello in mezzo ai lupi.

– Signore, affidatelo alla mia educazione. Le sventure fanno crescere in fretta, e l'odio rende scaltri e coraggiosi. In un anno farò di lui un giovanotto avveduto e temibile per i nostri nemici. Un anno di pazienza. Potete aspettare?

Enrico prese a riflettere sulle parole di Fidelio. Sapeva benissimo che si può fare di un ingenuo contadinello, ferito nel profondo come Hermann, un astuto cortigiano capace di nascondere l'odio sotto il sorriso, l'impulso dell'animo sotto le buone maniere, l'attesa della rivolta sotto la muta condiscendenza di un inchino. Ma questo voleva dire snaturare un animo candido.

– Vuoi corrompere quel povero ragazzo, Fidelio. Ci hai pensato?

– Sí, mio signore. È l'unico di cui vi potete fidare ciecamente. È sconosciuto a tutti. Ha buoni motivi per odiare Rodolfo e desiderare la sua rovina. E poi, altrimenti, che avverrebbe di lui? Potrebbe diventare un armigero a voi devoto. Ma con quale avvenire? Con l'unica prospettiva di vivere solo tutta la vita, andare a donne tra una battaglia e l'altra, e alla fine morire cosí, anonimo guerriero in mezzo a tanti.

– E tu come pensi di poterne fare un cortigiano prudente e scaltro? – chiese il re con scarsa convinzione.

– Esulcerando la sua rabbia e il suo dolore. Facendogli capire che può non restare impotente di fronte all'ingiustizia che gli è stata fatta.

– E se fosse di animo mite e incapace di nutrire in sé odio per qualcuno?

– La vera natura dell'uomo è l'educazione che gli viene impartita, l'assuefazione a un ambiente, a un modo di pensare e di agire. Un anno d'istruzione alla corte di Colonia, e avrete in lui una spia sagace e fidata.

– Siamo sicuri che il vescovo di Colonia mi sia ancora amico? – chiese Enrico per fugare un ultimo dubbio.

– Sí, – rispose Fidelio. – È colui che si è opposto fino all'ultimo all'elezione di Rodolfo, e col suo atteggiamento ha spinto molti principi a non votare per lui. Sapete che l'usurpatore ha avuto molti voti contrari, no? A Colonia sapremo i nomi di quelli che vi sono rimasti fedeli.

– Il primo compito di Hermann, dopo il periodo d'istruzione alla tua scuola, sarà di capire l'animo degli altri. Ma ci sarà un'altra cosa che il ragazzo dovrà scoprire: il nome di chi ci ha traditi avvertendo i nostri nemici del mio arrivo ad Augusta, – concluse Enrico con aria cupa. Quel nome continuava a ronzargli in mente come un moscone impazzito.

XIX.

Il giovinetto leggiadro

Un uomo cavalcava solitario alla volta della città di Colonia nell'ora del tramonto di un giorno d'estate. Il sole alle sue spalle accendeva di bagliori dorati i capelli castani che gli scendevano fino alla base del collo, lasciando in ombra il volto e disegnando la sagoma di un cavaliere elegante: un giustacuore aderente con ricami dorati sul fondo rosso del tessuto, le calze di sottilissima pelle fascianti le gambe snelle e diritte, un corto mantello di seta svolazzante sulle spalle piú per la lieve brezza della sera che per l'andatura del cavallo. L'uomo infatti avanzava senza fretta, perfettamente rilassato, non mostrava nessuna apprensione. Non portava armatura né pesante né leggera. Si avvicinava a piccolo trotto al palazzo del vescovo.

– Ecco Hermann che torna dalla sua missione presso il duca Rodolfo, – disse Enrico affacciato a una finestra del palazzo del vescovo. – Fidelio, non ho mai visto un uomo trasformarsi tanto profondamente in cosí breve tempo. Ma che dico «un uomo»! Quello è ancora un ragazzo, Fidelio. Hai fatto miracoli. Perché non hai insegnato queste cose anche a me?

– Perché voi siete il re, – rispose l'altro. – Ma Enrico capí che era una finta risposta, e glielo disse.

Allora Fidelio si volse a guardare il suo re negli occhi, e con un sorriso sulle labbra, ma con tono serio e grave, aggiunse:

– La vostra natura è troppo selvaggia, signore, e dalla mia scuola non avrebbe potuto essere modificata.

Somigliate in tutto a vostro padre, tranne nell'aspetto; in questo siete meno duro, piú gentile. Ma il vostro animo è come il suo, indomabile. Anzi ancora piú ferrigno, se possibile. Non vi siete piegato alla volontà del papa neppure quando eravate ancora quasi adolescente. E pensate che vi sareste lasciato forgiare da me? Cera piú molle occorre, anche per le mani di maestri piú bravi di me.

– Forse hai ragione, Fidelio. Sono troppo selvaggio, e resterò sempre tale. Ma andiamo ad accogliere il nostro amico e a sentire le notizie che ci porta dalla corte dell'infame duca di Svevia.

Hermann era già entrato nella sala e attendeva l'arrivo del re. Quando fu al suo cospetto s'inchinò piegando un ginocchio di fronte a lui, e non si rialzò finché il re non gli ebbe fatto segno di alzarsi.

– Benvenuto, Hermann, sono contento di vederti in ottima forma. Quali nuove ci porti dalla corte sveva?

– Nulla d'imprevisto, signore. Il papa vi ha nuovamente scomunicato, e forse già lo sapete. Ha sciolto tutti i principi di Germania dall'obbligo di obbedirvi, e forse anche questo già sapete. Ciò che forse non sapete è che il gioco comincia a non funzionare piú.

– Che cosa intendi dire? Spiegati meglio, – disse Enrico aggrottando le sopracciglia.

– Che molti principi si sono accorti che ribellarsi a voi giova soltanto al vostro avversario, il duca Rodolfo. La scomunica del papa non ha avuto l'effetto della prima volta. Nel senso che molti sono incerti, e molti sono decisi a schierarsi con voi contro Rodolfo. Dalla vostra parte sta anzitutto la legittimità, e anche il vostro coraggio che soggioga uomini e donne. Inoltre si è scoperta la menzogna circa la vostra morte, di cui, come ben sapete, Rodolfo si è servito per usurpare il regno.

– Il vecchio Ildebrando avrebbe dunque perduto il suo carisma? I principi tedeschi non credono piú che obbedire a un re scomunicato li precipiti nella dannazione eterna?

– Questo forse non l'hanno mai creduto, signore, almeno non tutti. Certo la prima volta il gesto del papa ha scosso il mondo, e non solo quello tedesco. È stato un atto grave, estremo. Ma quando si ripete… diventa una mossa sulla tavola degli scacchi, e stavolta la sua mossa papa Gregorio non l'ha studiata bene. Si è lasciato trasportare dall'ira. Cosí almeno si dice a corte.

Mentre pronunciava le ultime parole Hermann seguiva il re e Fidelio verso una tavola dove era preparata una cena. Al momento di sedersi Enrico osservò, sorpreso ma compiaciuto, il giovane profumato ed elegante che gli stava davanti:

– Hermann, come mai giungi cosí fresco da questo lungo viaggio? Non hai un granello di polvere addosso e non sembri affatto stanco.

Il giovane arrossí lievemente, e disse:

– Ho fatto sosta in un castello sulla strada di Colonia. Lí ho avuto la possibilità di rinfrescarmi, riposarmi e cambiarmi d'abito. Conosco una dama molto cortese in quel castello.

– Allora se non sei stanco possiamo accomodarci a tavola. Avrai almeno appetito.

– Oh, sí, signore, – si lasciò scappare il ragazzo. – Molto appetito.

E il re, guardandolo con un sorriso malizioso, si sedette, subito imitato dai due commensali.

– Hermann, – disse staccando un'ala da un fagiano adagiato in un letto di salsa agrodolce, – ti dispiace raccontarci, ora che siamo qui soli, come ti procuri queste informazioni, e soprattutto come fai a scoprire il pensiero di quei signori, le loro reazioni, i loro giudizi? Qual è il tuo segreto?

Hermann sollevò il viso dal volatile che stava spolpando tenendolo tra il pollice e l'indice di entrambe le mani:

– Devo confessare, signore, che non è tanto dai principi che ho queste informazioni, quanto dalle loro dame, con le quali si confidano… forse un po' troppo –. Inghiottí il boccone che stava masticando, e continuò: – Inoltre sto molto attento alle voci che girano tra una sala e l'altra, e a quello che si dice nei banchetti, ai quali sono spesso invitato per il mio spirito allegro, che essi trovano molto piacevole. Parlano liberamente, come se io non ci fossi. Penso che mi considerino troppo giovane per capire ciò che dicono, o troppo svagato, o troppo stupido.

Il re lo guardò compiaciuto. Poi, rivolto a Fidelio, disse:

– Fidelio, sei stato un buon maestro per questo ragazzo. Gli hai anche insegnato a difendersi dalle avances degli uomini, quando hanno certe inclinazioni come il mio caro cognato, per esempio? Mi spiacerebbe se dovesse subire attenzioni che non gli sono gradite... Tu mi capisci.

– Il rischio c'è, purtroppo. L'età e l'aspetto gentile di Hermann piace alle donne, ma anche agli uomini. Io ho potuto solo insegnargli a corteggiare le dame...

A questo punto intervenne Hermann, sorridendo in modo strano.

– Col vostro permesso, signore: ho elaborato una mia strategia che finora mi ha tenuto al riparo dagli incidenti di cui parlate. Mi sono mostrato a tal punto preso dalle donne da scoraggiare l'attenzione di eventuali amatori. Certo non so se funzionerà sempre e con tutti.

– Hai ragione, Hermann, non si può sapere se funzionerà sempre e con tutti... Tu mi rendi un grande servigio, molto importante, ma stai in guardia, attento ai mariti traditi e ai pederasti, mi raccomando, Hermann... – e con queste parole, agitando il dito indice della mano destra in segno di avvertimento, il re si avviò per uscire dalla sala. Ma arrivato alla soglia, si fermò e si volse a guardare il giovane:

– Quanto al duca Rodolfo, non dimenticare mai quello che ha fatto della tua famiglia.

– Non dubitate, signore, l'ho sempre davanti agli occhi. E confido che verrà il giorno in cui affonderò la mia spada nella sua gola. Sarà la mia vendetta.

A queste parole lo sguardo di Enrico si oscurò, gettando un'ombra sul suo volto chiaro. Fermo sulla soglia, parve riflettere a lungo, poi, con qualche esitazione, gli domandò:

– Hermann, quello che sto per chiederti è molto importante per me: pensa bene prima di rispondermi, e se non sei piú che sicuro, taci.

Il giovane guardò il re con occhi preoccupati; per la prima volta, durante quell'incontro, intuiva ciò che gli sarebbe stato chiesto. E ne aveva paura.

– Dimmi, Hermann, chi ha tradito me e i miei compagni quando partimmo da Canossa, avvisando il duca Rodolfo del nostro arrivo? Dimmi solo il nome, se lo sai, e se ne sei sicuro –. La voce di Enrico tremava pronunciando le ultime parole.

Hermann lo guardò per un attimo smarrito, poi abbassò gli occhi e disse:

– Poiché mi avete dato facoltà di tacere, tacerò. Di quel nome, che ho sentito sussurrare nelle alcove, non ho alcuna certezza, potrebbe essere un pettegolezzo dettato dall'invidia.

Enrico chinò la testa per nascondere il suo sgomento, e non proferí parola. Poi con uno scatto risollevò il capo e guardando negli occhi il giovane cavaliere:

– Grazie, Hermann, – disse. – Qualche volta il dubbio è meglio di una certezza.

xx.

Hermann il cavaliere

Quel giorno che Hermann aveva aspettato con ansia non era lontano.

– Hai udito, Fidelio? La nuova scomunica non ha ottenuto l'effetto che Gregorio voleva, – diceva il re al suo scudiero. – Ora dobbiamo convocare i principi che mi sono rimasti fedeli, quelli che non hanno riconosciuto in Rodolfo il nuovo sovrano. Ma bisogna individuarli con certezza.

– Dobbiamo affidarci a Hermann, pare che sia ben accetto a tutti i principi...

– E alle loro dame, – aggiunse il re.

– Voi sapete che le dame sono la chiave per penetrare nella mente dei principi. Occorrerà che Hermann faccia un lavoro di pazienza, presentandosi nei castelli e chiedendo ospitalità come durante un viaggio. Vi si fermerà qualche giorno, il tempo necessario per sondare l'animo del padrone di casa, e poi ripartirà.

– Lasciando qualche dama in lacrime e in sospiri. Ho capito. Ma come giustificherà questo suo viaggio? Non può certo dire che lo mando io. Nessuno deve sospettare che è al mio servizio.

– Assolutamente no. Dirà che è in viaggio per andare a trovare i suoi genitori in qualche luogo che stabilirò con lui. Tutti sono disposti a dare ospitalità a un giovanetto inerme, che non è stato ancora armato cavaliere perché non sa a quale autorità appellarsi.

– Sei una volpe, Fidelio. E questo argomento farà scoprire le carte a molti signori. Però questo suo ruolo di spia è molto pericoloso...

– È una necessità, signore. Nessun altro potrebbe farlo. Come giovane aspirante cavaliere non desta alcun sospetto nei principi. La sua famiglia può restare sconosciuta, quale appartenente alla piccola nobiltà. D'altra parte, il suo non sarà un lavoro lungo: molti principi hanno già preso partito per voi o contro di voi, e si sono compromessi in cruente scaramucce. Dovrà svolgere le sue indagini solo presso quelli che non hanno ancora rivelato il loro animo.

Era vero. La seconda scomunica di Gregorio aveva avuto come unico effetto di dividere i principi tedeschi in due partiti: uno contrario e uno favorevole al legittimo re, Enrico IV di Franconia. La Germania era percorsa dalla guerra civile, devastata, impoverita. Schiere armate correvano le campagne, e chi ne faceva le spese ancora una volta erano i contadini. Depredati e massacrati. Come sempre avviene durante tutte le guerre. Raramente i principi si scontravano in battaglia.

Ma intanto l'opera di Hermann dava i suoi frutti, unitamente all'attenzione che Fidelio e altri cavalieri leali al re ponevano agli scontri di bande armate, dalle cui insegne si poteva dedurre quale principe servissero. Ben presto fu chiaro il quadro della situazione: quali signori erano fedeli a Enrico e quali nemici, e quali, per prudenza o per astuzia, non avevano ancora preso partito.

– E di quelli che non hanno manifestato le loro intenzioni che cosa facciamo, Fidelio? – chiese rivolgendosi al suo scudiero e nello stesso tempo al giovane Hermann che gli stava accanto silenzioso.

– Proporrei di mandare messaggeri anche a costoro, che li avvertano di quanto il loro re sta preparando contro l'usurpatore.

Enrico era pensieroso: temeva che la notizia dei preparativi di guerra arrivasse ai suoi avversari prima che l'esercito fosse pronto.

– Tu che ne pensi, Hermann? – chiese al giovanetto, che nel silenzio sembrava nascondere la sua disapprovazione.

– Penso che i messaggeri agli indecisi, – rispose quello, – si debbano mandare in un secondo tempo, quando l'esercito dei principi fedeli sarà già pronto per la battaglia. E inoltre, per maggior prudenza, proporrei di tener segreto il luogo del raduno, – aggiunse, – almeno per un certo tempo.

– Anche ai principi fedeli? – intervenne subito il re.

– Sí, signore, anche a quelli che sapete leali. Se posso dare un consiglio suggerirei che a questi ultimi si mandi un primo messaggio avvertendoli che si tengano pronti a recarsi con i loro uomini dove il re li chiamerà. Un assembramento di armati verrebbe subito scoperto e rischierebbe di essere assalito prima del tempo e distrutto. Non dimenticate che il duca Rodolfo ha spie dovunque.

– Hai ragione, ragazzo. Bisogna fare in modo che il luogo del raduno venga reso noto all'ultimo momento, quando tutti saranno pronti a raggiungerlo in armi. Lí troveranno anche noi armati e decisi alla battaglia. Quindi, Fidelio, provvedi alla chiamata in due tempi: un primo messaggio perché si tengano pronti in armi, un secondo per rivelare il luogo del raduno –. Poi, rivolto a Hermann: – Sei saggio, ragazzo. Chi potrebbe mai sospettare sotto quelle vesti leggiadre, e anche un po' frivole, un uomo scaltro e coraggioso! – E, dopo aver guardato compiaciuto il giovane, rivolto al suo scudiero, disse: – Fidelio, non pensi che sia ora di armare cavaliere questo giovanotto? Direi che se lo è ben meritato.

Fidelio sorrise:

– Signore, è proprio quello che aspettavo che voi diceste. Siamo ospiti del vescovo di Colonia, che darà certamente il crisma religioso alla cerimonia.

Fu cosí che Hermann, il povero contadinello orfano e privo persino di una casa, fu ordinato cavaliere dal re stesso con cerimonia solenne, e consacrato dal vescovo di Colonia. Ricacciando in gola lacrime di commozione e di gioia, Hermann giurò fedeltà al suo re, e a se stesso di vendicare la sua famiglia non appena fosse giunto il momento.

E un giorno questo avvenne. Il partito favorevole a Enrico si era riunito ai margini della Foresta Nera, vicino a Friburgo; qui era stato deciso di dare guerra a fondo ai seguaci di Rodolfo, che si fregiava del titolo di re, legittimamente secondo questi, indebitamente secondo gli altri.

La battaglia ebbe luogo in una zona pianeggiante vicino alla foresta. Come tutti gli scontri in campo aperto, fu una carneficina. Ma quelli che caddero furono soprattutto i fanti reclutati tra i contadini, che stavano nelle prime file armati di arco e vestiti dei loro poveri stracci, e ancora qualche cavaliere particolarmente audace. I principi, circondati dai loro uomini, come di consueto, osservavano la mischia dal di fuori. A un tratto re Enrico scorse Hermann spronare verso lo schieramento nemico, attraversare il folto della mischia e raggiungere il gruppo dei principi: aveva visto sventolare le insegne del duca di Svevia. Di lontano Enrico lo vide battersi con un cavaliere chiuso in un'armatura di maglia di ferro e protetto da uno scudo a strisce gialle e azzurre: i colori di Rodolfo di Svevia. Con un cenno ai suoi fedeli, raggiunse la schiera avversaria che, essendosi accorta della manovra, si radunò subito pronta alla battaglia. Si gettarono gli uni contro gli altri come belve feroci.

Enrico uccideva chiunque raggiungeva, ma i suoi occhi erano sempre alla ricerca di Hermann: sapeva troppo bene che il giovane, per quanto agile e audace, non poteva reggere il confronto con la vecchia astuzia di Rodolfo e la sua perfida strategia. Li scorse al di là di un cespuglio, ancora in sella entrambi, ma uno dei due sul punto di cedere. Vide lo scudo a strisce gialle e azzurre levarsi alto sulla testa del cavallo per lasciar spazio al colpo di spada. Che infatti scese ad abbattere Hermann, gettandolo a terra ferito a morte. Nello spazio lasciato scoperto dallo scudo levato sopra il capo del cavaliere, rapida come una fiamma, s'insinuò la spada di Enrico colpendo il nemico di punta, mortalmente, alla base del collo, dove tra elmo e corazza la gola era rimasta scoperta.

– Sappi, Rodolfo, che è il tuo re che ti uccide con la sua spada, – e volse le spalle al duca morente, intorno al quale s'era fatto il vuoto. Tutti temevano la spada del re. Poi Enrico si avvicinò al giovane Hermann, scese da cavallo e, inginocchiatosi accanto a lui, sollevandogli il capo perché vedesse il suo nemico caduto, gli disse:

– Guarda, Hermann, l'ho ucciso con la tua mano, con il tuo odio, per vendicare la strage della tua famiglia.

Poi chiuse gli occhi al giovane ormai morto.

Quando videro che l'usurpatore era caduto, i principi ribelli si sentirono perduti. Chi poté fuggire, fuggí. Gli altri si arresero a Enrico, ormai unico legittimo sovrano.

XXI.

La vittoria

Il re e Fidelio cavalcarono in silenzio, nella sera triste di quel giorno di battaglia, che aveva segnato la vittoria di Enrico sui suoi nemici. Non c'era gioia nei loro occhi né sorriso sulle loro labbra. E non solo per la morte di Hermann, che li addolorava profondamente, ma anche per tutta quella strage che lasciavano alle loro spalle, quei poveri morti che nessuno avrebbe sepolto. Il corpo di Hermann, se non altro, avrebbe avuto le dovute esequie: era adagiato su un carro che apriva la schiera dei principi. Per primi venivano quelli che si erano arresi alla morte di Rodolfo, poi coloro che sempre erano rimasti fedeli al re, pronti, questi ultimi, a impedire fughe e tradimenti.

– Fidelio, – disse Enrico, – che destino ingrato essere re! Non ho ancora trent'anni, e sono già cosí stanco...

– È un momento difficile per tutti, e soprattutto per voi, – rispose lo scudiero, – ma non sarà sempre cosí. Verrà un po' di pace, prima o poi...

– Un po' di pace... vorrei poterti credere, – disse Enrico scuotendo sconsolato la testa.

– E soprattutto, signore, non dimenticate che voi siete il vincitore.

– Ho vinto, sí, anche grazie a quel povero ragazzo che è morto. Ora sono veramente il re, in forza delle armi e della legalità. Ma io mi sento sempre il principe scalzo del castello di Canossa. E ho anche subito due scomuniche.

– Il ragazzo però aveva ragione. La seconda non ha

funzionato, – e cosí dicendo Fidelio accennava col mento ai cavalieri pentiti, che li seguivano in silenzio, dubbiosi della loro sorte.

– Già, – disse il re, – e di questi che ne facciamo?

– Bisognerà tenerli d'occhio uno per uno, tener conto della loro ricchezza e del loro potere. Se vale la pena, perdonateli, con una cerimonia solenne, in modo che capiscano che è una grazia concessa loro. Se poi si dimostrano fedeli, teneteli come alleati.

– Sí, – mormorò il re, – ... come alleati.

Ma il suo pensiero era altrove. Era con i morti, quelli che aveva avuto amici, e non erano piú. Williram, che era rimasto a Canossa, nella cripta cosí fredda e buia... Lui che non amava il buio e aborriva il freddo. Povero Williram! Amato come un padre, e morto per lui. E i contadini dei gamberi, che lo avevano accolto nella loro capanna, in amicizia, e forse si erano sentiti onorati di avere avuto alla loro tavola il re... ed erano morti per lui; Hermann, il ragazzo sfuggito alla strage, che pieno di entusiasmo si era posto al suo servizio, che aveva sfidato i pericoli delle corti, per fornire al suo re informazioni segrete... ed era morto per lui. Gli rimaneva Fidelio, unico amico. Un po' troppo scaltro, volpino. Enrico lo ammirava per la sua astuzia, ma non avrebbe mai potuto farne il suo confidente.

E quello che piú lo faceva soffrire era quel dubbio lasciatogli da Hermann, il nome che il giovane non gli aveva voluto rivelare, e che si sarebbe portato nella tomba. Di Matilde non sapeva piú nulla da quando avevano lasciato il castello di Canossa, da quel congedo formale e freddo, che li aveva separati, forse, per sempre. Che cosa faceva Matilde? Quali pensieri rivolgeva nella sua mente misteriosa, dietro quegli occhi che gli erano sempre sfuggiti?

Gli aveva salvato la vita, là, a Canossa, sottraendolo alla gelida corte e riscaldandolo nel suo letto, tra le sue braccia. E lui adesso si rendeva conto che l'aveva amata veramente, per la prima volta in vita sua aveva amato una donna. Ma lei? Enrico ricordava come a ogni abbraccio lei distogliesse il viso, quasi volesse nascondere il sentimento che provava. Passione? Indifferenza? Odio? Era il suo animo che voleva nascondergli, ora lo sapeva bene. Matilde era rimasta per lui una sconosciuta, un enigma. Dopo tante notti d'amore, era sempre la figura avvolta nel mantello, seminascosta nell'oscurità della nicchia in cui l'aveva vista la prima volta, quando era stato ammesso all'interno del castello.

Forse non lo aveva mai amato. Forse gli era nemica e lo aveva tradito. Per questo non aveva mai voluto ricevere i suoi messaggeri, né rispondere alle sue lettere.

E lui ora si apprestava a scendere in Italia con tutto il suo esercito.

XXII.

In marcia verso l'Italia

Erano passati tre anni. Gli schieramenti dei principi tedeschi erano mutati. Molti erano rimasti neutrali. Altri, tra quelli che nel 1076 avevano acclamato re Rodolfo di Svevia nella Dieta di Augusta, riunitasi prima della scadenza dell'anno, come era stato stabilito, erano passati dalla parte del legittimo sovrano. Rodolfo era giunto allo scontro in campo aperto con pochi alleati, e quasi tutti erano morti in battaglia. L'usurpatore era stato ucciso da Enrico stesso, e questo era parso a molti una vendetta divina.

Ora Enrico poteva pensare a perseguitare i pochi principi sfuggiti alla morte in battaglia, che si erano dati alla fuga per non arrendersi. Sapeva che se ne stavano asserragliati nei loro castelli in attesa della vendetta del re. Ma la sua presenza non era necessaria. Contro di loro avrebbe mandato qualcuno dei signori a lui leali.

A sé riservava un compito ben piú impegnativo: vendicarsi del papa.

– Fidelio, – disse un mattino al suo scudiero, pronto a mettersi in marcia e già a cavallo, – scendiamo in Italia. Da questo momento sei il duca Fidelio.

Lo scudiero lo guardò stupito, e tacque. Non tanto per l'inattesa nomina, quanto per la destinazione. Ma sapeva che quando il re aveva preso una decisione, non aveva senso fare obiezioni. D'altra parte, fin dal giorno prima si attendeva l'ordine di partenza. Da tempo Enrico aveva convocato presso di sé i suoi principi, cominciando dai piú fedeli, quelli che non avevano mai tradito, neppure al tempo della prima scomunica. E questi erano già accampati con i loro eserciti attorno al grande padiglione del re. Poi gli altri, ai quali era stata perdonata, con una cerimonia religiosa di pacificazione, la prima defezione e che, arrivati sul luogo del raduno, si erano trovati di fronte a un esercito che già incuteva paura. Per ultimi, quelli che erano stati stanati dai loro castelli e che si erano arresi senza opporre resistenza. Quelli rimasti fedeli a Rodolfo, pochi in verità perché, morto l'usurpatore, nessuno dei suoi seguaci sapeva per chi combattere, erano stati uccisi, e i loro castelli incendiati o diroccati.

Enrico era padrone di tutte le regioni tedesche, e tutti i principi lo avrebbero seguito per fedeltà o per paura. Ora doveva pensare a quella parte del suo impero che stava a meridione delle Alpi, e che veniva chiamata genericamente «Lombardia», ma in realtà era gran parte dell'Italia. Anche qui doveva restaurare l'autorità legittima. Il suo esercito era pronto per mettersi in marcia verso le Alpi tirolesi, come era stato trasmesso da Fidelio ai principi piú leali. Ma nessuno conosceva la destinazione di quella spedizione.

– Che cosa pensi dei miei vassalli italiani? – chiese il re a Fidelio. – Di loro non so quasi nulla. Credi che qualcuno mi sia rimasto fedele?

– I principi italiani, signore, – rispose Fidelio, – sono fedeli a chi vince. E voi avete vinto.

– Ma sono italiani, e quindi penso che siano piú sensibili alla volontà del papa, che è italiano e risiede a Roma.

– Non so perché, signore, ma ho l'impressione che sia proprio il contrario. E senza dubbio non hanno particolari motivi per mettersi contro di voi, come non avevano particolari interessi a schierarsi dalla parte di Rodolfo. Sono principi dell'impero, ma l'imperatore è lontano, e la sua autorità non li turba.

– Vedremo che accoglienza ci faranno quando avremo passato le Alpi. Allora sapremo se tu hai ragione, oppure no.

L'immenso esercito di Enrico IV si avvicinava ormai all'imponente barriera montuosa. Principi, cavalieri e fanti si guardavano l'un l'altro, chiedendosi in cuor loro quale fosse l'intenzione del re. Ma nessuno osava parlare. L'enorme massa di uomini e cavalli, con le loro salmerie, procedeva in un silenzio greve, interrotto a tratti da qualche isolato nitrito.

Era aprile, il clima mite, i prati germogliavano di erba novella, il sole splendeva tra i rami degli alberi in fiore. Cinguettii di uccelli commentavano l'insolito spettacolo di quella immensa schiera silenziosa e cupa, in marcia verso le valli del Tirolo.

Anche Enrico cavalcava in silenzio. Elaborava nella mente la sua vendetta contro il papa, vendetta per l'umiliazione subita a Canossa, di cui tutta Europa parlava, meravigliata che la dura penitenza imposta al re non gli fosse costata la vita. Vendetta per la seconda scomunica, che lo aveva solo offeso, senza recargli alcun danno. Soprattutto se i signori italiani erano cosí indifferenti agli umori del papa, come pretendeva Fidelio. E Matilde? Era sempre in quel suo castello tra gli Appennini, isolato e triste, dove neppure la primavera faceva sbocciare fiori? E che cosa pensava della vittoria del re sui principi ribelli, della sua riconquistata autorità sulla Germania, dei suoi successi in guerra, dei quali non poteva non aver avuto notizia?

Enrico aveva atteso invano un cenno di simpatia, un segno di vita. Aveva indugiato apposta nella piana dove era radunato l'esercito tedesco, nella speranza di ricevere un messaggio dall'Italia, un cavaliere che giungesse a briglia sciolta, a porgergli un rotolo legato con un nastro rosso e con il sigillo dei Canossa... Ma non era arrivato nessuno.

Eppure, ne era certo, la notizia del raduno e l'indicazione del luogo dovevano aver passato le Alpi ed essere note in tutti i castelli d'Italia. Matilde non poteva non saperlo, e certamente aveva intuito in quale direzione si sarebbe mosso l'esercito del re. Ma non aveva mandato nessun messaggio. Non gli era piú amica. Forse nemica?

XXIII.

Il vescovo di Bressanone

Superati i monti del Tirolo, l'esercito di Enrico scese verso la valle che porta a Bressanone, e qui apparvero le insegne di un drappello che si faceva incontro al re e ai suoi principi.

– Fidelio, – chiese Enrico, – di chi è quello stemma? Conosci quelle insegne?

– Non vorrei sbagliare, ma sembrano quelle del vescovo di Bressanone. Sono ancora lontane e non distinguo bene la figura in campo giallo... ma sí, certo! Sono le insegne del principe vescovo di Bressanone!

– Manda qualcuno ad accoglierci. E tu sai, Fidelio, che cosa significa questo?

– Che non ritiene valida la seconda scomunica di papa Gregorio, e vi riconosce come suo legittimo re.

– Infatti. Se un vescovo non ritiene giusto l'operato del papa, suo superiore spirituale, a maggior ragione non si sottometteranno al giudizio del pontefice i principi laici.

– Avete perfettamente ragione, signore. Penso che i principi laici del Tirolo vi siano tutti fedeli, – concluse lo scudiero.

Intanto il corteo del vescovo era giunto a portata di voce, e due messaggeri avanzarono fino alla schiera di Enrico e gli prestarono omaggio, smontando da cavallo e inginocchiandosi davanti a lui. Enrico fece loro cenno di rialzarsi e parlare.

– Il nostro signore, il principe vescovo di Bressanone, – disse uno dei due, – vi presta omaggio attraverso le nostre persone e s'inchina davanti alla maestà vostra. Sarà lieto di offrirvi ospitalità nel suo palazzo, insieme ai suoi servigi. Riconosce da voi ogni sua dignità e ogni suo potere.

Il re intese il senso del discorso, e ne fu lieto. Le ultime parole soprattutto, che confermavano le previsioni di Fidelio, lo rallegrarono fino al profondo del cuore. Erano una chiara offerta di alleanza.

– Dite al vostro signore che accetto l'ospitalità offertami e lo ringrazio. Sarò molto lieto di valermi anche dei suoi servigi, – rispose Enrico, e fece cenno ai suoi di unirsi alla schiera del vescovo.

L'esercito del re fu accampato fuori dalle mura della città. Il re e i principi furono ospitati nel palazzo del vescovo.

– Vi confesso, monsignore, che la vostra ospitalità giunge molto opportuna, e per me e per i miei alleati. Siamo in viaggio da molti giorni e la traversata dei monti del Tirolo è stata particolarmente faticosa, soprattutto per il freddo, – diceva Enrico, seduto in un comodo seggio di legno e cuoio, davanti a un grande camino in cui ardeva un ceppo di abete. Il vescovo gli sedeva di fronte, ed Enrico andava esplorando il suo volto ancor giovane, l'aspetto gagliardo della persona, l'espressione seria e risoluta. Si domandava se poteva fidarsi di lui, o se non stesse tendendogli per caso un tranello. A ogni buon conto, aveva affidato a Fidelio il compito di sorvegliare i movimenti nel palazzo, e avvertirlo di ogni minimo sospetto. Aveva richiesto la stessa sorveglianza per il campo dell'esercito.

– È mio dovere, signore, prestare al mio re ogni aiuto possibile, – disse il vescovo.

Enrico fu molto soddisfatto della concisione della risposta. «Questo prete, – disse tra sé, – non è un chiacchierone come quasi tutti i preti».

– Voi dunque, – riprese il re, – non ritenete di dover accettare l'ingiunzione implicita nella seconda scomunica di papa Gregorio? Mi considerate ancora il vostro re?

– Cosí vi ho chiamato perché tale voi siete, legittimamente.

– Ve ne ringrazio, e sono molto contento di trovare in voi un amico oltre che un ospite generoso. Purtroppo le vicende della mia vita mi hanno convinto che la legittimità non conta per tutti i sudditi. Ora sono molto stanco, ma non appena mi sarò ristorato vorrei chiedervi alcune cose, che voi potrete dirmi o non dirmi, secondo il vostro giudizio, in piena libertà.

– Lo farò, – disse il vescovo. – Ma intanto vi prego di accomodarvi alla mia tavola insieme ai principi. Poi potrete riposare fino a domani mattina.

– Oh sí! – disse Enrico. – Dormire in un vero letto e sotto un vero tetto, finalmente!

– Conosco anch'io il disagio del pernottamento al campo, dopo un lungo viaggio, su un giaciglio di pelli e sotto un tetto di cuoio, – disse il vescovo sorridendo.

Enrico lo guardò sorpreso mentre si avviavano alla tavola imbandita, intorno alla quale già attendevano in piedi gli altri commensali.

– Avete partecipato ad azioni militari? – gli chiese quasi contro la sua volontà.

– Sí, signore, anche quando i principi, anticipando la Dieta di Augusta, designarono il vostro successore. Cercai di impedire che si radunassero prima della data stabilita, precipitandomi verso quella città con i miei uomini. Ma non riuscii a fermarli.

– E avete preso parte alla Dieta?

– Sí, speravo di vedervi arrivare in tempo. Dubitavo fortemente della notizia della vostra morte. Anzi ero certo che foste vivo e in viaggio, di ritorno dall'Italia. Ma non siete comparso, e a me non restò che votare contro la nomina del duca Rodolfo.

– Ve ne sono grato. In effetti arrivai con pochi compagni sulla piazza della città, giusto in tempo per udire l'araldo che annunciava l'elezione del duca Rodolfo. Eravamo nascosti tra la folla, troppo pochi per fare irruzione nel palazzo della Dieta. Certamente saremmo stati fermati e uccisi dagli sgherri dell'usurpatore.

E con queste parole Enrico si sedette, subito imitato dagli altri commensali. Il vescovo aveva ceduto al re il posto centrale della lunga tavola, di cui solo il lato contro il muro era occupato, l'altro era stato lasciato libero per il servizio. Alla destra del re sedeva il vescovo e alla sua sinistra il duca Fidelio.

Il banchetto ebbe inizio in silenzio, un silenzio dettato dalla soggezione che a tutti incuteva la figura solenne del vescovo. A un tratto Enrico accostò la testa al suo commensale di sinistra:

– Che cosa ne pensi, Fidelio?

Questi, mostrando di essere concentrato sul cosciotto di capriolo che teneva tra le mani, sempre sottovoce, disse:

– Fedelissimo.

Poi Enrico si volse al vescovo e gli disse cerimoniosamente:

– Eccellente capriolo! Anche il mio scudiero, il duca Fidelio, che è un esperto di cacciagione, lo ha lodato moltissimo. Amerei sapere come queste carni acquistino il particolare sapore, assai gradevole, che manca alla nostra cacciagione.

Aveva finto d'interessarsi al cibo, perché non gli era sfuggito un lievissimo sorriso sul volto del vescovo quando lui aveva accostato la testa a quella di Fidelio. Il vescovo stette al gioco:

– Il sapore che avete notato, e che sono lieto abbiate trovato gradevole, deriva dal fatto che tutta la selvaggina, anche gli uccelli, è uso, qui nel nostro paese, tenerla immersa almeno un giorno e una notte in ottimo vino aromatizzato con spezie. Piú l'animale è grosso, come nel caso del capriolo o del cervo, piú a lungo deve dimorare in questa infusione. Pernici o fagiani, giovani lepri e altra piccola selvaggina vi dimorano una sola notte.

Enrico sorrise:

– Voi avete qui vigne in abbondanza, e ottimi vini, rossi e bianchi, e potete permettervi questa operazione per migliorare le carni e togliere loro il selvatico.

Ho visto le vostre valli che digradano verso meridione abbellite da filari interminabili di viti. Da noi purtroppo, – e a questo punto Enrico scosse la testa con sincera tristezza, – questa dolce coltura non è possibile, – e cosí dicendo, sollevò il calice d'argento e lo vuotò. – Vorreste essere cosí gentile da dirmi il nome di questo vino prezioso e forte, di sapore del tutto nuovo per me? Che pure nella mia dimora al castello di Canossa ho avuto modo di assaggiare molti ottimi vini di quei luoghi... – disse Enrico al vescovo con un sorriso.

Con lo stesso sorriso il vescovo rispose: – Questo vino si produce solo nelle terre a ridosso delle montagne. Noi lo chiamiamo «amarone» per quel gusto amarognolo che lascia in bocca, e che acquista dimorando a lungo in tini di legno pregiato. È un vino particolarmente indicato per accompagnare carni selvatiche, soprattutto di grossi animali.

Mentre il re e il vescovo scambiavano queste parole, gli altri commensali, tutti signori dell'esercito di Enrico, mangiavano in silenzio, con molto piacere, meravigliandosi non poco del tono domestico di quei discorsi. Ignoravano, tutti tranne Fidelio, che quelle parole e quei sorrisi altro volevano intendere da quel che dicevano.

Infatti quando, levatisi da tavola, il re condusse l'ospite in una piccola sala dove si trovavano, accanto a un tavolino, un leggio con un messale aperto e, di fronte a un camino acceso che magnificamente riscaldava il piccolo ambiente, due seggi coperti di pellicce, il re guardò il vescovo sempre sorridendo, e formulando con quel muto sorriso una domanda il cui senso il suo ospite colse al volo:

– Signore, – disse, – i baroni della mia diocesi, che comprende tutto il Tirolo al di qua e al di là dei monti, sono sotto il mio diretto controllo. Personalmente, o per mezzo di miei messi, li visito almeno una volta al mese e periodicamente li invito a una cena qui nel mio palazzo. Posso assicurarvi che di loro conosco ogni minimo pensiero. Alcuni sono miei confidenti, altri vanno a rivelare i loro segreti ai parroci e agli abati dei conventi di questa terra, i quali riferiscono tutto a me.

– Li coltivate dunque come le vostre vigne, – disse sorridendo di nuovo il re, – proprio come il buon vignaiuolo del Vangelo.

– È mio dovere, signore.

– Quindi sapete anche chi mi è fedele e chi no, – aggiunse Enrico con volto serio.

– Sí. E posso assicurarvi che quasi tutti vi sono fedeli. Molti per sincera devozione, alcuni per opportunismo. Per questi signori un imperatore vale l'altro, soprattutto per quelli del versante meridionale della regione, incerti essi stessi se considerarsi germanici o italici. Ma anche costoro sono sotto il mio diretto controllo.

Il re tacque alquanto: aveva una domanda sulle labbra e non sapeva se fosse arrivato il momento giusto per farla. Infine si decise:

– Monsignore, la mia domanda potrà sembrarvi strana, e vi concedo facoltà di non rispondermi se vi parrà impertinente. Per qual motivo avete tanto a cuore, come dimostrate chiaramente, i miei interessi?

Il vescovo attizzava il fuoco nel camino, e pareva cosí assorto che non rispose subito al re, tanto che questi temette che non volesse rivelargli qualche sua segreta intenzione. Ma a un tratto alzò vivacemente il capo e, guardando il re negli occhi, disse:

– So tutto di voi, signore, fin da quando eravate un ragazzo. So del forzato matrimonio con la contessa Berta, della lotta da voi intrapresa per mantenere separato il potere temporale da quello spirituale nella nomina dei vescovi principi di Germania. So della crudele penitenza che papa Gregorio vi impose nel castello di Canossa, e di come la contessa Matilde vi abbia salvato da una morte certa per assideramento. Tutto questo so da un carteggio che ebbi con il santo abate Williram, il quale, sentendosi prossimo a morire, mi scrisse un'ultima lettera per raccomandarvi a me, perché vigilassi sulla vostra vita e la vostra salvezza.

A questo discorso il re sentí inumidirsi gli occhi e li

distolse volgendoli al camino. Il pensiero che Williram in punto di morte si fosse preoccupato della sua sorte lo commuoveva profondamente. Quando si fu ripreso e poté mostrare al vescovo gli occhi asciutti, li volse a lui dicendo:

– Buon vecchio Williram! È stato l'unico amico della mia giovinezza! L'unica persona che mi ha amato veramente.

– Se non ardisco troppo, signore, vorrei che confidaste di avere in me, ora, un amico sincero e fedele. Anche se, – aggiunse il vescovo con un sorriso, – non potrò mai darvi l'affetto che lui vi diede.

Il re sorrise a sua volta e rispose:

– Vi ringrazio, monsignore. So che quanto dite è vero: so che avrò in voi un alleato sincero e fedele, anche se la poca differenza di età tra di noi renderà impossibile che io veda in voi il padre che vedevo in Williram.

XXIV.

La cena dei baroni

– Vedete, signore, – diceva il vescovo scostando il lembo di un pesante tendaggio di cuoio e mostrando una vasta sala illuminata da molte finestre ad arco, – qui potrete trovare riuniti questa sera tutti i signori del Tirolo. Ho mandato messaggeri presso ogni castello; molti hanno significato subito la loro accettazione dell'invito. Altri si sono riservati di rispondere.

– Questo vuol dire che quelli che hanno accettato di venire mi sono fedeli? – chiese Enrico girando lo sguardo per l'immensa sala al cui lato piú lungo, quello in cui si aprivano le finestre, stava accostato un tavolo quasi altrettanto lungo.

– Non esattamente, o meglio non sempre, – corresse il vescovo. – Possiamo soltanto essere certi che chi non verrà vi è nemico. Ho infatti comunicato a tutti che la cena è in vostro onore. Tra quelli che verranno, alcuni lo faranno per conoscervi da vicino. Dal loro atteggiamento capiremo se vengono per amicizia, per semplice curiosità o per paura.

– Non sarà un compito facile, monsignore.

– Ho una certa esperienza di queste cose, vi darò io stesso alcune informazioni.

La sera della cena, quando gli ospiti furono arrivati, alcuni da molto lontano, come dalla bassa valle dell'Adige o da quella del Piave, tanto era vasta la giurisdizione del vescovo di Bressanone, tutti si stupirono di vedere molti seggi allineati dalla parte delle finestre, cosí come si usava, e altri due al centro del lato opposto, cosa del tutto insolita.

A mano a mano che i principi arrivavano, il vescovo li presentava al re e indicava a ciascuno di loro il suo posto. Il re e il vescovo stavano in piedi accanto ai due seggi isolati, e gli ospiti, dopo essersi inchinati a entrambi, si accostavano al posto loro indicato e vi restavano, anch'essi in piedi, accanto. Quando al vescovo parve che tutti quelli che erano attesi fossero giunti, pregò il re di accomodarsi e, mentre si sedeva egli stesso, fece cenno agli ospiti di prendere posto. Alternati ad arte ai molti signori del luogo, stavano i principi tedeschi dell'esercito di Enrico, incaricati di cogliere i discorsi dei vicini per rendersi conto di quali e quanti fossero fedeli al re.

Sulla lunga tovaglia erano disposti pani bianchi e candide ciambelle di farina impastata con cipolle e ceci, tonde e morbide, poste una sull'altra in piccole pile. Una ghiottoneria del luogo, come rivelarono subito gli sguardi golosi dei commensali. Qua e là fioriva sul bianco della tovaglia un cesto di verdure fresche e colorate, verdi lattughe e rossi rapanelli, porri sfumati dal bianco al verde, cipollette novelle, quali bianche e quali rosate, con la lunga coda screziata di verde. Salsicce e caci giacevano sopra grandi assi, su ciascuna delle quali era posato un affilatissimo coltello. Prosciutti stavano infilzati su forchettoni retti da una pesante base di legno e mostravano agli ospiti il rosso vivo della carne tagliata di fresco insieme al rosa pallido del lardo che la circondava.

A un gesto del vescovo, tutti allungarono le mani alle pastellette di ceci e alle verdure di primavera. I valletti afferrarono i lunghi coltelli e tagliarono larghe fette di prosciutto, che porsero poi sulla punta del coltello a chi ne voleva. La stessa cosa fecero con le salsicce e i caci. E mentre tutti mangiavano, si levarono le voci della conversazione, prima incerte e quasi bisbigliate, poi sempre piú sonore e distese, a mano a mano che altri valletti riempivano i bicchieri di spesso peltro con il vino che veniva spillato dai tini allineati in fondo alla sala. Il succo nero e spumoso veniva versato dai tini in piccoli orci, e da questi servito in tavola.

Un improvviso silenzio accolse l'arrivo di un intero prosciutto cotto in forno e circondato da cuori di cavolo adagiati in un ampio vassoio retto da due valletti. Avanzavano lentamente preceduti dal profumo che il prosciutto stesso emanava. Poi fu la volta di un porcellino da latte, appena sfilato dallo spiedo, che tutto il giorno i servi avevano fatto girare su fuoco di legna di ginepro: impegnativa impresa persino per gli abili scalchi del vescovo.

Apparve infine un cinghiale stufato in salsa di ginepro. Tra gli ospiti si fece di nuovo uno stupito silenzio, rotto solo da qualche mormorio di ammirazione. Il cinghiale fu servito, tagliato a grossi pezzi nella sua salsa piccante, a coronamento di quella cena che voleva essere un addio all'inverno, alla stagione della caccia grossa, delle carni grasse e grevi adatte al tempo freddo e grigio. Seguirono focacce di farina di castagne con uva passa, e tonde ciambelle di farina di frumento e uova il cui buco era stato riempito di dolci prugne blu cotte in vino rosso.

Mentre i signori chiacchieravano allegramente, facendo la conoscenza dei principi tedeschi seduti qua e là, apparentemente a caso, il re e il vescovo, pur mangiando, seguivano con attenzione i movimenti delle teste, le espressioni dei volti, i gesti delle mani. Cercavano anche di cogliere il senso dei discorsi, ma a questo provvedevano meglio Fidelio e i principi tedeschi disposti lungo la tavola.

Enrico fu spesso distratto dal sapore dei cibi, e dovette confessare al vescovo che alla sua corte non c'erano cuochi altrettanto esperti.

– Forse non è soltanto l'abilità dei cuochi ad arricchire la mia mensa, ma l'accostamento dei vini ai cibi. Personalmente scelgo un vino per ogni portata. Avrete notato infatti che dal leggero vino veronese della terra di Soave, che ha accompagnato i cibi freddi all'inizio della cena, siamo passati a un piú robusto vino del Friuli con i cibi caldi, il prosciutto al forno e il maiale allo spiedo, per culminare con l'amarone, che già conoscete, adatto al cinghiale in salsa.

Il re guardò ammirato l'esile figura del vescovo che, contrariamente ai suoi conterranei mangiava con molta parsimonia, facendosi servire solo piccoli pezzi, e bevendo a brevi sorsi.

– Voi mangiate poco, monsignore, – disse Enrico confrontando il lavorío di ganasce dei signori tirolesi con il composto ed elegante portamento del vescovo. Il quale sorridendo rispose:

– La ghiottoneria dei nostri principi è nota ovunque. Non consente loro neppure di gustare i cibi e l'esaltarsi dei sapori con l'accostamento dei vini. Anche se nobili, e alcuni di antica nobiltà, sono pur sempre gente di montagna. Ma questo è nello stesso tempo il lato migliore di questi signori: non sanno mentire perché non sanno nascondere i sentimenti dell'animo, cosí come non possono frenare la loro golosità.

Diceva questo, il vescovo, volgendo lo sguardo compiaciuto sui commensali, i cui discorsi erano andati facendosi via via piú chiassosi, fino a trasformarsi in veri e propri schiamazzi.

Tra di loro si distinguevano i principi tedeschi che, pur mangiando con buon appetito e bevendo gagliardamente, non partecipavano piú alla conversazione, perché i signori tirolesi, per effetto del vino, erano passati al dialetto, che nella confusione delle voci era diventato del tutto incomprensibile. Ma questo non aveva ormai piú importanza: i discorsi seri erano finiti. Ora si parlava solo di caccia e di donne: le vere passioni di quei nobili montanari.

Lo sguardo del vescovo si soffermò per un lungo momento su un signore che sedeva verso il fondo della tavolata, e intorno al quale il chiasso era sensibilmente piú debole. Era un giovane pallido e biondo, che parlava poco e con un fare cerimonioso, pur nella generale alterazione prodotta dal cibo e dal vino. In realtà lui aveva mangiato e bevuto con molta moderazione. Partecipava alla conversazione dei suoi vicini di tavola rispondendo solo alle domande che gli venivano rivolte, e con brevi parole, accompagnate sempre da un sorriso a fior di labbra.

Il re colse lo sguardo del vescovo, e quando questi gli fece cenno di volergli parlare, accostò leggermente il capo al suo.

– Di quel signore, – disse il vescovo, – dovete sempre diffidare. Non mi è amico e non riesco a penetrare nel suo pensiero. Quasi certamente vi è nemico. Ma è scaltro e per questo ha accettato un invito in vostro onore. È un barone della terra di Cadore. Altri due della stessa terra, suoi parenti, non si sono fatti trovare, e hanno fatto dire ai messaggeri che erano in viaggio.

– Perché pensate che lui sia venuto? – chiese il re sottovoce.

– Perché è una volpe. Non vuole che sia evidente la sua posizione nei vostri riguardi. E forse gli interessa valutare le forze di cui disponete, contare i principi che vi sono alleati. Ha certamente già visto la consistenza dell'esercito accampato fuori delle mura, e conosce le disponibilità di tutti i signori del luogo qui presenti.

XXV.

Nello studio del vescovo

Era una saletta piccola, esposta a sud, con due finestre altissime, da cui entrava, esultante, il sole di primavera. Il vescovo sedeva con il re a un lato di un tavolo lungo e stretto, con la schiena rivolta alle finestre, in modo che i loro visi risultavano in ombra. La luce chiara del mattino illuminava in pieno i volti dei principi tedeschi, seduti di fronte, all'altro lato del tavolo. Tra questi c'era Fidelio. Il vescovo prese la parola:

– Voi tutti avrete capito perché il re ed io vi abbiamo qui riuniti. Avrete pure capito che la cena di ieri voleva essere, sí, una festa in onore del re, ma anche un'occasione per sondare gli animi e gli umori dei miei vicini, i baroni del Tirolo –. Tacque, e fece scorrere lo sguardo sui volti dei presenti. Poi riprese: – Due degli invitati non sono venuti, accampando una scusa. Ciò significa che non sono favorevoli al re. Di uno, che ha partecipato al banchetto, e di cui gli ho già fatto il nome, cugino dei due assenti, so di certo che ci è ostile; probabilmente è venuto per vagliare le forze dell'esercito regio, e il numero dei signori disposti ad aggiungersi a esso. Voi tutti avete notato un signore alto e snello, parco di parole: è un barone del Cadore, come i suoi due cugini assenti. È audace e scaltro, sommamente infido.

Un mormorio corse tra i principi tedeschi: lo avevano notato, ed erano rimasti stupiti dalla sua eleganza e riservatezza. Il duca Fidelio espresse per tutti questa impressione comune.

– A voi, che sedevate in mezzo ai baroni della mia diocesi, – proseguí il vescovo, – chiedo ora, a nome del re, se avete notato qualcuno che si sia comportato in modo simile a lui, sí da destare qualche sospetto.

Uno dei principi chiese la parola:

– Volete dire, monsignore, uno che, piú che mangiare e bere, cercasse di ascoltare e spiare? Io personalmente non ho notato nessuno di tal specie. Tutti mi sono sembrati molto interessati alle squisitezze della vostra tavola.

– Sono dello stesso avviso, – aggiunse Fidelio. – Benché facessi molta attenzione, non ho colto nessun accenno di ostilità nei loro discorsi, almeno finché parlavano in tedesco. Poi, quando per effetto del vino sono passati al dialetto, non ho capito piú niente.

Anche gli altri espressero lo stesso parere, chi con parole, chi con aperte risate.

– Non preoccupatevi, – disse il vescovo, – quei discorsi li capivo io. Parlavano di donne, di caccia, di cibi e vini. Avevano ormai perso il controllo di se stessi.

– Quindi, – intervenne il re, – tutti quelli possiamo convocarli. Chi non vorrà partecipare alla spedizione, potrà sempre trovare una scusa. Degli altri possiamo fidarci.

I principi tesero le orecchie: finalmente avrebbero saputo dove era diretto l'esercito di re Enrico.

– Aggiungete i miei uomini, – disse il vescovo. – Combatterò al vostro fianco come qualsiasi altro principe. Ma prima occorre un atto giuridico di somma importanza –. Queste ultime parole il vescovo le pronunciò guardando Enrico in faccia. E alla muta domanda del re e degli altri rispose: – Riunirò un sinodo di vescovi qui, nel mio palazzo, per dichiarare legalmente deposto Gregorio VII.

Fece una pausa finché non si fu spento il mormorio che si era levato tra i principi. Poi riprese:

– È un atto necessario, non per far violenza all'autorità del papa, che noi tutti rispettiamo, ma per evitare defezioni e tradimenti durante la campagna che stiamo per intraprendere. Non dimenticate che re Enrico è nuovamente colpito da scomunica, e questo significa che i suoi sudditi sono sciolti dal vincolo di obbedienza. Chi volesse per qualsiasi motivo venire meno alla fedeltà dovutagli non sarebbe perseguibile. E questo noi vogliamo evitare.

Enrico aveva ascoltato il vescovo con lo sguardo rivolto in basso. Gli erano gravi quelle parole, anche se le riteneva giuste e opportune. Levò gli occhi alla fine del discorso, e disse:

– Vi ringrazio, monsignore, di ciò che fate per me. Vi ringrazio di voler intraprendere un simile atto giuridico per rintuzzare l'odio di papa Gregorio nei confronti della mia persona.

– Non è solo per questo motivo, – sentenziò a voce chiara il vescovo. – Il papa ha usato la scomunica, che è un atto spirituale, ai fini di un potere temporale. Ha usato un'arma che solo per motivi spirituali dovrebbe essere usata. Con questo ha contravvenuto alla legge della Chiesa, e può essere accusato di simonia. Tale sarà l'accusa che presenterò ai vescovi riuniti in sinodo nel mio palazzo.

Quattro settimane dopo, alla fine del giugno del 1080, ebbe luogo nel palazzo del vescovo di Bressanone un sinodo di vescovi tedeschi e dell'Italia settentrionale che votò all'unanimità la deposizione di Gregorio VII colpevole di simonia, e l'elezione al soglio di San Pietro dell'arcivescovo di Ravenna, che prese il nome di Clemente III e che la chiesa di Roma bollò come antipapa.

Il re Enrico a questo punto poteva contare su un esercito potente, accresciuto dai signori e dai vescovi di buona parte dell'Italia settentrionale, legalmente tenuti a obbedirgli in qualità di vassalli e sudditi. La maggior parte gli si era sottomessa per fedeltà; alcuni per opportunismo, altri per paura. Cosí Enrico, restaurato a pieno diritto nel suo ruolo di re, all'inizio del 1081, intraprese una campagna in Italia, scendendo da nord a sud, per ripristinare il suo potere regale dove fosse stato violato. Ma di fronte all'immenso esercito del re non ci fu principe o signore che osò opporsi. Anzi molti si unirono a lui, volenti o nolenti, ingrossando con i loro uomini la sua schiera.

XXVI.

Il castello abbandonato

La marcia attraverso l'Italia settentrionale, superati gli ultimi contrafforti della catena alpina, fu per re Enrico una piacevole passeggiata piú che una spedizione militare. I principi ebbero l'ordine di tenere a bada i loro uomini, che non commettessero violenze ai danni dei contadini, che gli approvvigionamenti fossero pagati al loro giusto prezzo, che il vino, abbondante in quelle terre, fosse distribuito con parsimonia.

Non ci furono incidenti durante il viaggio, né scontri con banditi, né agguati: troppo imponente era quell'esercito, strettamente controllato dai signori che lo guidavano, ognuno in testa alla sua schiera, e percorso incessantemente dai ministri del re.

Scesi dalle valli del Tirolo e del Veneto nella vasta pianura attraversata dal Po, gli uomini si trovarono immersi in una timida primavera, i cui segni erano nelle fronde tenere degli alberi, nei germogli delle viti, nei fiori dei campi. Incontravano a ogni passo contadini che potavano alberi da frutto e viti, che coltivavano orti e campi, e ogni soldato sentiva destarsi in sé l'animo del contadino che era stato prima di entrare nell'esercito del sovrano, prima di partire per quella campagna di cui non conosceva né lo scopo né la destinazione. E nutriva in cuore la nostalgia della capanna, della famiglia e dell'orto. E invidia per i contadini che vedeva attendere tranquilli ai loro lavori, e che al passaggio dell'esercito sollevavano il capo, si toglievano il cappuccio e salutavano festosamente.

Anche i principi avevano l'animo insolitamente sgombro da preoccupazioni, e dimostravano la loro letizia chinando la testa alla gente che acclamava al passaggio del re e prendendo al volo i mazzolini di fiori gettati dalle ragazze. Si compiacevano della bella pianura che solo sulle rive dei fiumi si trasformava in foresta, e del calore del sole che finalmente scaldava loro le mani sulle briglie dei cavalli.

Tutto l'esercito si arrestò sulla riva del Po, a cui giunse verso il tramonto di un caldo giorno di maggio. Qui si accampò, mentre cavalieri del re venivano inviati lungo la sponda a cercare dei traghettatori. Ne trovarono due, che cominciarono il lavoro l'indomani all'alba. Una settimana durò il passaggio del fiume, con i cavalli e i muli che portavano i bagagli dei principi. E, grazie ai controllori del re, si svolse senza incidenti. Quando tutto l'esercito si trovò sulla sponda destra del Po, Enrico ordinò un giorno di riposo prima di riprendere il cammino.

La primavera s'era fatta piú intensa, il sole piú caldo, e tutti parevano lieti. Enrico respirava a pieni polmoni l'aria profumata che veniva dai campi e dagli alberi fioriti, e paragonava questa discesa in Italia a quella di pochi anni prima, quando non aveva un esercito, ma solo un pugno di fedeli che lo seguivano, nei rigori dell'inverno, verso il luogo del suo incerto destino. Allora la sua piccola schiera cercava di tenersi al riparo nelle foreste, temendo a ogni passo un assalto o un agguato di predoni. Nessuno doveva sapere chi erano, perché in Germania le spie del duca Rodolfo cercavano il re per catturarlo e ucciderlo. Ora ripercorreva lo stesso cammino con un vasto esercito, ed era primavera. E aveva anche lui un mazzolino di fiori infilato nel giustacuore.

Ma il suo animo non era sereno, un dubbio lo rodeva nel cuore senza dargli pace.

Di Matilde non si sapeva nulla. A Enrico non era giunta nessuna notizia dal castello di Canossa. A mano a mano che l'esercito vittorioso si avvicinava al luogo della sua umiliazione e della sua felicità segreta, Enrico era torturato sempre piú dall'incertezza. Una domanda era in cima ai suoi pensieri: mi è amica o è diventata nemica? Con questo dubbio nell'animo, cercava di sapere qualcosa della contessa, che sembrava scomparsa. Ma non c'era che Fidelio a cui potesse rivolgere le sue domande.

– Notizie dal castello di Canossa? – chiedeva ogni giorno al suo scudiero.

– Nessuna, signore, – rispondeva invariabilmente l'interrogato.

E mentre l'animo del re si tormentava in questo dubbio, ancora piú lieta splendeva intorno all'esercito in marcia la primavera italiana. E sempre piú s'incupiva il volto del re, che ora guardava accigliato i cespugli coperti di fiori e il verde brillante dei prati.

I suoi cavalieri, incontrando contadini intenti a potare le viti, ripensavano intanto ai nobili vini che avevano bevuto nel palazzo del vescovo di Bressanone.

Durante questa spedizione re e cavalieri vennero spesso alloggiati in castelli, mentre l'esercito si accampava intorno alle mura. A mano a mano che scendevano verso meridione, l'esercito s'ingrossava, e sempre piú spesso trovavano villaggi e castelli in festa, pronti ad accoglierli e a fornire approvvigionamenti. Nel generale tripudio, l'animo di Enrico si faceva piú cupo e tormentato. Apparvero infine, dopo la vasta pianura del Po, i primi rilievi dell'Appennino, ed egli riconobbe i luoghi già percorsi tre anni prima; tra non molto si sarebbe profilato, alto sulla rupe, il castello della contessa di Toscana, Matilde di Canossa. Enrico dovette confessare a se stesso che tutta la sua mente era occupata dal pensiero di lei. Quale sarebbe stata la sua accoglienza? Da amica e amante come era stata una volta? O fredda, cortese ma scostante, come la nobile dama sapeva essere?

Continuava a domandarsi perché non aveva saputo di lei nulla, assolutamente nulla. Era forse rimasta offesa dalla fretta con cui era partito dopo le esequie di Williram? La sua freddezza al momento del commiato gli suggeriva questo pensiero. Ma lui non aveva fatto altro che obbedire al vecchio maestro, che lo aveva messo in guardia di fronte al pericolo di un'eventuale usurpazione. Che c'era stata infatti, e nonostante tutta la sua premura, era arrivato ad Augusta troppo tardi.

Allora, nell'assillo della fuga, nell'angoscia di quei giorni in cui si nascondeva nelle foreste con i pochi uomini che gli erano rimasti fedeli, accampandosi come poteva, spesso dormendo all'addiaccio avvolto nel mantello, non aveva avuto la possibilità di mandare a Matilde neppure un messaggio. Ma poi, quando il suo partito si era rafforzato, quando gli si erano aperte le porte dei castelli dei principi che riconoscevano in lui il legittimo re, aveva mandato messaggeri a Canossa, molti, non avrebbe saputo dire quanti.

La buona sorte che lo aveva favorito nella riconquista del regno, l'aver ritrovato principi fedeli, la vittoria e la vendetta ottenute su Rodolfo, avevano allontanato per qualche tempo dal suo animo il rovello per il silenzio di Matilde. Il soggiorno a Bressanone, l'amicizia del vescovo, glielo avevano quasi fatto dimenticare. Ma la deposizione di papa Gregorio era suonata per lui come un campanello d'allarme.

Prima incerto come un malessere, un disagio indefinito, poi sempre piú insistente, un pensiero lo rodeva nell'animo, quel pensiero. Se avesse avuto accanto l'amico Williram, a lui avrebbe potuto confidare la sua pena. Al vescovo di Bressanone, che gli cavalcava al fianco, fiero e fedele, ma come può esserlo un guerriero, non poteva dire nulla: non avrebbe capito. Non avrebbe capito come mai un re, in marcia, vittorioso con il suo esercito, si tormentasse per una donna, non bella, non giovane, e che non era neppure sua moglie.

Matilde non aveva mai risposto ai suoi messaggi. Non aveva neppure ricevuto i messaggeri. Era ancora nel suo castello sicuro come una fortezza? O era fuggita? Per paura di chi? Di lui, Enrico, che era stato il suo amante e che ora si accorgeva, avvicinandosi a quel castello, di non aver mai cessato di amarla e di conservare in fondo al cuore una nascosta speranza di ritrovarla, rivederla, e forse rinnovare l'idillio segreto dei giorni della sua penitenza.

Ma subito insorgeva il dubbio che Matilde, per devozione al papa, gli fosse divenuta nemica. E forse quel nome, che il giovane Hermann non aveva voluto rivelare, adducendo la scusa che non era cosa certa ma in realtà per non ferirlo nel profondo, era il nome di Matilde.

Giunse come una folgore la notizia che Gregorio VII era fuggito da Roma, per paura, all'avvicinarsi del re di Germania, che portava con sé il nuovo papa, l'antipapa Clemente III, da cui voleva essere incoronato imperatore nella città santa di Pietro. L'esercito di Enrico ne esultò come di una vittoria. Il re apparve ancor piú incupito. Qualcosa gli diceva che quella fuga avrebbe portato con sé un'altra fuga, piú misteriosa, e per lui dolorosa.

Infatti a mano a mano che si avvicinavano al castello di Canossa, passaggio obbligato per gli eserciti che da settentrione scendevano verso l'Italia centrale, Enrico e i suoi uomini trovavano villaggi deserti, campi abbandonati, luoghi sempre piú desolati. Non videro né un contadino al lavoro, né una capanna con la porta aperta.

Il castello di Canossa apparve improvvisamente, al di là di un dosso, come un oscuro fantasma. Nessun lume né segno di vita. Enrico e il vescovo fermarono gli uomini a una certa distanza, e guardarono il gigante di pietra che sbarrava la strada come una montagna insuperabile. Per il vescovo era tutto chiaro: la contessa di Toscana aveva seguito il papa nella sua fuga, come lui aveva previsto. E non se ne stupí. Ma nell'animo di Enrico si scatenò una vera tempesta. Si sentí tradito, come re e come uomo. Amante abbandonato, l'odio gli lacerò il cuore, irrefrenabile.

Sprona come pazzo verso la cima della rupe su cui sorge il castello, invano trattenuto dalle parole del vescovo, incita i suoi uomini a seguirlo, e insieme varcano, folle torma, il fossato quasi asciutto, sono al ponte levatoio alzato a difesa. Enrico comanda che sia abbattuto a colpi di scure, ma poiché il lavoro lo obbliga a troppo lungo indugio, dà ordine che sia distrutto col fuoco. Arrivano torce resinose già accese, lui stesso ne afferra una e la scaglia contro lo spesso legno di quercia. Il fuoco si apprende subito alle parti scheggiate e la fiamma divampa. Appena il pesante portone si abbatte su se stesso, il re si precipita nella corte livida e deserta. Nessun segno di vita. China la testa sul petto, e piange.

Attorno a lui, ma a una certa distanza, stanno gli uomini piú fidi. Non sanno che fare. Si guardano stupiti.

Poi giunge il vescovo di Bressanone, gli si avvicina in silenzio. Smontano entrambi da cavallo, il vescovo prende il re per la mano, e gli dice:

– Andiamo a trovare il nostro amico Williram, che ci aspetta –. Scendono nella cripta e s'inginocchiano ai lati del sarcofago del vecchio abate. Il vescovo prega. Enrico piange senza ritegno.

Poco dopo un rumore di scalpelli proveniente dalla cripta rivela che si sta spezzando la pietra tombale dell'abate. Le povere ossa vengono composte in una bara di legno che Enrico porterà con sé nel suo ritorno in Germania.

Poi dal castello incendiato si levano fumo e fiamme. Tra crolli paurosi scompaiono le mura massicce sostenute da travi possenti. Enrico e i suoi uomini, a prudente distanza, stanno a guardare l'immenso rogo, vendetta del re.

Tutto l'esercito riprende il cammino verso Roma, con la mesta compagnia della bara di Williram, presso la quale ogni sera Enrico siede triste, in muto colloquio.

XXVII.

L'imperatore triste

Per tre anni l'esercito di Enrico IV percorse l'Italia centrale. Il re si vendicò dei suoi nemici, i signori che erano rimasti fedeli a papa Gregorio. Andava a scovarli in ricetti segreti, sepolti nelle foreste dell'Appennino, faceva scempio dei loro castelli, uccideva chi non acconsentiva a giurargli fedeltà. Entrò da vincitore in Roma dove intanto era ritornato papa Gregorio. Riuscí ad averlo nelle sue mani e lo fece imprigionare nel Mausoleo di Adriano.

– Avete notizie della contessa? – chiedeva alla schiera guidata da Fidelio, che tornava da una delle tante spedizioni mandate alla ricerca di Matilde. La risposta era sempre la stessa: nessuno sapeva dov'era, nessuno l'aveva mai piú vista. Intorno a lei correvano voci preoccupanti. Che si fosse rifugiata in uno dei tanti castelli sparsi nell'Appennino meridionale, e lí radunasse i principi italiani nemici del re di Germania, era la voce piú insistente, e piú plausibile. Matilde era signora di mezza Italia, il suo dominio confinava con il regno normanno.

– Forse, – disse un giorno Fidelio, – ha chiesto protezione a Roberto, il re normanno insediatosi da poco in Italia meridionale. Presso Roberto il Guiscardo probabilmente si sente al sicuro.

– Certo, – mormorò Enrico, – presso i miei nemici –. Egli sapeva bene di non potere violare i confini del regno normanno, sarebbe stato un atto illegale che i suoi principi non avrebbero approvato. Né lui avrebbe potuto rivelare il vero motivo di quell'azione di guerra. Inoltre conosceva per fama la forza militare di quel regno.

D'altra parte, giungevano dalla Germania notizie poco rassicuranti. Alcuni principi, che non si erano uniti all'esercito di Enrico, si stavano schierando apertamente contro di lui. Tradimenti e rivolte rendevano quanto mai insicura la posizione del re, lontano e impegnato in un'impresa che pochi in Germania potevano comprendere e ritenere necessaria.

– Perché il re indugia in Italia? – si chiedevano i suoi amici, che erano rimasti in Germania per controllare la situazione. – Perché non torna in Germania dove la sua presenza sarebbe utile a sedare le rivolte?

Enrico sapeva di questi umori e si affrettò a compiere l'ultimo atto che lo tratteneva in Italia. Fatta venire in gran fretta a Roma la consorte legittima, Berta di Savoia, ordinò che si allestisse immediatamente la cerimonia per la sua incoronazione a imperatore, che avvenne a opera dell'antipapa Clemente III. Finalmente Enrico poté percorrere le strade di Roma sotto quelle insegne imperiali che non gli era mai stato concesso di portare. Era l'anno 1084: Enrico di Franconia aveva trentanove anni.

Il fastoso corteo imperiale sfilò lungo il Tevere, passando davanti al Mausoleo di Adriano dove era tenuto prigioniero papa Gregorio. Il trionfo di Enrico poteva dirsi completo.

Ma l'imperatore era triste. Nascondeva questo suo sentimento sotto la grinta impenetrabile ereditata dai suoi antenati, che si era accentuata col tempo e le vicissitudini della vita. Al suo fianco cavalcava una donna che non amava e che non lo amava, con la quale per necessità dinastica aveva fatto due figli. La donna che amava, l'unica che aveva amato e che, forse, l'aveva amato in una breve parentesi di passione, divenutagli nemica, radunava alleati contro di lui e un giorno gli avrebbe fatto guerra.

In quel momento il corteo passava davanti alla Mole Adriana, tutta buia e serrata in se stessa. Ma dentro, Enrico lo sapeva, un uomo covava un sordo odio contro di lui. Enrico no, non lo odiava piú. Era stata la storia a metterli uno contro l'altro, le ragioni del potere. Il cuore non c'entrava. Anzi, proprio in quel momento, invece di gioire del suo trionfo, l'imperatore provò pietà per quel vecchio che lui aveva distrutto, ma che non poteva fare a meno di ammirare.

Passando davanti al suo grande nemico, che forse in quel momento lo guardava da una feritoia della Mole affacciata sul Tevere, Enrico si accorse di quanto avrebbe preferito che fosse stato lui, a porgli sul capo la corona imperiale. Allora forse avrebbe sentito esultare in sé l'orgoglio di essere legittimo imperatore, consacrato dalla mano di colui che era stato eletto papa dal popolo romano in festa. Invece era stato incoronato dalla dubbia mano di uno sconosciuto, eletto da un sinodo di vescovi scomunicati. Ma il suo destino esigeva anche questa umiliazione.

Tutta la sua vita era stata insidiata da eventi che lui non avrebbe voluto, da interessi politici, affari di stato, guerre contro i nemici, patteggiamenti con chi soltanto non gli era avverso. L'unico amico vero giaceva in quella bara di legno che, come lui aveva voluto, seguiva il corteo, quasi fosse ancora vivo. Al pensiero di Williram Enrico sentí inumidirsi gli occhi, ma ricacciò in gola le lacrime, e si rizzò sul cavallo volgendo attorno lo sguardo altero e gelido dei suoi antenati, quello sguardo che, solo, faceva tremare i presenti.

Accanto a lui, fiero e impassibile, cavalcava il vescovo di Bressanone. A un tratto Fidelio si fece avanti rompendo l'ordine del corteo, e gli si affiancò.

– Signore, il vostro avversario certamente vi sta guardando dalla Mole Adriana. Pensate come si deve rodere nell'animo per il vostro trionfo!

– Per il mio trionfo, Fidelio? – e dopo una pausa di silenzio, aggiunse: – Ricordi cosa ti dissi nella battaglia in cui sconfiggemmo il partito di Rodolfo? Io sono sempre il principe scalzo del castello di Canossa.

Fidelio non capí, ma non chiese nulla: si era accorto che sotto la grinta del conquistatore si nascondeva un'immensa tristezza.

XXVIII.

Il principe scalzo

Ufficialmente la Germania era pacificata dalla «pax Dei», instaurata nel 1085 dal sinodo di Magonza con il consenso, cosí pareva, di tutti i principi, laici ed ecclesiastici. Ma ad alcuni dei suoi piú accaniti avversari Enrico IV non poteva perdonare: cominciarono vendette e persecuzioni. Le sorti dell'imperatore parevano stabili. E si consolidarono con l'incoronazione del figlio Corrado ad Acquisgrana: era il nuovo re di Germania e a lui vennero affidate le vendette del padre imperatore.

L'unico nemico temibile sembrava essere il giovane duca Guelfo II di Baviera, uomo ardito e affascinante: correva voce che intorno a lui si radunassero tutti gli oppositori del re, attratti in gran parte dal denaro di cui pareva disporre. Tuttavia era oscura la provenienza di queste ricchezze, che non venivano certo dalle sguarnite casse del suo ducato.

Enrico con la moglie, il seguito e tutto l'esercito si affrettò a tornare in Germania. Il programma era di far guerra a Guelfo e ai suoi alleati, comprati con quei denari che insinuavano nell'animo del re sospetti a cui si rifiutava di credere.

Tutta la schiera dell'imperatore fece sosta nel palazzo del vescovo di Bressanone, la cui ospitalità fu, come sempre, impeccabile. Enrico sembrava un poco pacificato con se stesso, quando giunse, improvvisa, la notizia che Matilde, contessa di Toscana, aveva sposato il duca Guelfo di Baviera. Per Enrico fu un colpo, anche se da ultimo attendeva quella notizia come certa. I denari che attiravano alleati al giovane duca provenivano dai forzieri della contessa di Toscana, dalle sue immense ricchezze.

Una rabbia impotente s'impadroní di lui. Dunque Matilde non lo amava, non lo aveva mai amato, era evidente. Ma perché allearsi con l'unico nemico che lui, Enrico, poteva ancora temere? Perché sposarlo? Amava forse il giovane Guelfo? Non riusciva a crederci. Matilde non amava nessuno. Era incapace di amare. Questa era la verità. Aveva fatto l'amore con lui per prendersi gioco del papa, e ora sposava il duca Guelfo per prendersi gioco di lui. Non gli passò neppure per la mente che avesse bisogno di un alleato che riconquistasse per lei le terre e i castelli che lui le aveva tolto. Lui glieli avrebbe resi senza recarle alcun danno. Né avrebbe distrutto il castello di Canossa, se lei avesse risposto almeno a uno dei suoi messaggi.

Ma già allora, quando era partito in gran fretta da Canossa per presentarsi alla Dieta di Augusta, lei non lo amava piú. Forse già lo odiava. E forse era stata proprio lei a tradirlo, ad avvisare il duca Rodolfo del suo ritorno; questo sospetto, a cui non aveva mai voluto dar peso, che aveva sempre ricacciato in fondo al cuore, ora gli si presentò alla mente con il gelo di una certezza.

Fidelio, entrato nella sala senza far rumore, trovò l'imperatore con la fronte appoggiata al vetro di un'alta bifora. Guardava nella valle che digradava verso l'Italia. Ma i suoi occhi non vedevano niente, fissavano il vuoto.

– Signore, – disse Fidelio, – ora siete voi il vincitore. Si ricompatteranno le vostre schiere, e si farà guerra al duca Guelfo. E questa volta siete il legittimo imperatore di Germania.

Enrico scostò lentamente il volto dalla finestra e guardò il suo scudiero:

– Forse hai ragione, Fidelio. Ma non m'importa piú nulla. Te l'ho già detto: io sono sempre il principe scalzo della corte di Canossa.

Avevano ripreso la marcia e, valicate le Alpi, il re con il suo esercito percorreva la pianura tedesca verso nord.

– Guarda, Fidelio, – diceva Enrico con gli occhi rivolti alla campagna attraversata da schiere avverse che si fronteggiavano, – guarda, questa è la «pax Dei». Il terreno si sta coprendo di morti e feriti. Questa è la pace che Williram sperava...

– Non è colpa vostra, signore. Voi siete l'imperatore, e non potete tollerare tradimenti. Soprattutto quando i nemici comprano con l'oro i vostri vassalli.

– Sí, hai ragione. Ma non appena abbiamo rimesso piede in Germania si sono scatenate le rivolte. E tutto adesso finisce in un massacro tra gente dello stesso popolo. Comincio a credere che la pace esista solo nei sogni di Williram, povero vecchio. O forse in quella terra favolosa che neppure lui conosceva, quel Libano di cui parla il Re Salomone.

Qualche tempo dopo, in un triste pomeriggio d'inverno che già volgeva alla sera, due uomini salivano a cavallo verso il convento di Ebersberg seguiti da un carro coperto, tirato da due muli. La neve che scendeva abbondante si andava accumulando sulla copertura del carro, che, formando un tetto a capanna poco ripido, non le permetteva di scivolare via. Anche sui mantelli dei due cavalieri si ammucchiava la neve, ma i due uomini con una scrollata di spalle, la gettavano a terra.

– Povero Williram, – disse Enrico rivolto a Fidelio che lo seguiva a breve distanza su per la salita che conduceva al convento, – non ha mai amato la neve, e persino nel suo ultimo viaggio era destino che fosse accompagnato dalla neve.

Fidelio non rispose. Pensava che per Williram ormai non c'era piú né freddo né gelo di neve. Da quanto tempo era morto? Provò a contare gli anni, ma nel calcolo la sua mente si smarrí. C'era stata tanta guerra di mezzo!

– Ma ora, per tua fortuna, mio dolce amico Williram, – continuò Enrico, – stai per arrivare alla dimora definitiva. Prima l'oscura cripta del castello di Canossa, dove mai penetrava né luce né sole, poi il cimitero accanto al palazzo del vescovo di Bressanone, dove ogni tanto un raggio di sole giungeva a scaldarti... ma che dico... – Enrico scuoteva la testa interrompendo il suo monologo. – Ormai tu non puoi piú patire né freddo né gelo e non puoi piú riscaldarti al sole. Neppure il sole del Libano, su cui tanto hai fantasticato, potrebbe piú riscaldarti.

Erano arrivati alla porta del convento, e alcuni frati li attendevano con i lumi in mano, perché s'era fatto buio rapidamente, e nevicava sempre piú fitto. La bara di legno fu tolta dal carretto e portata nella chiesetta del convento, dove una lastra tombale era stata sollevata scoprendo una fossa profonda e stretta. La bara fu calata nella fossa e la lastra richiusa. Vi era inciso un nome, e una sola data, secondo l'uso del tempo. Quella della nascita non contava e forse non si conosceva. Neppure il suo re, che tanto lo aveva amato, sapeva quanti anni avesse Williram. Tanti certamente, troppi per le cose che aveva dovuto vedere e vivere.

– Almeno tu ora hai trovato la pace, – mormorò Enrico, – la tua pace.

E tirandosi il cappuccio sul capo a difendere dalla neve i capelli ormai grigi, uscí in silenzio dalla chiesa seguito da Fidelio. E presto la neve fitta avvolse i due uomini a cavallo sottraendoli alla vista dei monaci che erano rimasti sulla soglia per salutare l'imperatore.

Indice

Stampato per conto della Casa editrice Einaudi
presso ELCOGRAF S.p.A. - Stabilimento di Cles (Tn)

C.L. 22611

Edizione						Anno		
9	10	11	12	13	14	2016	2017	2018